Evandro Affonso Ferreira

NÃO TIVE NENHUM PRAZER EM CONHECÊ-LOS

1ª edição

EDITORA RECORD
RIO DE JANEIRO • SÃO PAULO
2016

CIP-BRASIL. CATALOGAÇÃO NA PUBLICAÇÃO
SINDICATO NACIONAL DOS EDITORES DE LIVROS, RJ

F579n Ferreira, Evandro Affonso
Não tive nenhum prazer em conhecê-los / Evandro Affonso Ferreira. – 1ª ed. – Rio de Janeiro: Record, 2016.

ISBN 978-85-01-08417-0

1. Romance brasileiro. I. Título.

16-34268
CDD: 869.93
CDU: 821.134.3(81)-3

Copyright © Evandro Affonso Ferreira, 2016

Todos os direitos reservados. Proibida a reprodução, armazenamento ou transmissão de partes deste livro, através de quaisquer meios, sem prévia autorização por escrito.

Texto revisado segundo o novo Acordo Ortográfico da Língua Portuguesa.

Direitos exclusivos desta edição reservados pela
EDITORA RECORD LTDA.
Rua Argentina, 171 – Rio de Janeiro, RJ – 20921-380 – Tel.: (21) 2585-2000.

Impresso no Brasil

ISBN 978-85-01-08417-0

Seja um leitor preferencial Record.
Cadastre-se e receba informações sobre nossos lançamentos e nossas promoções.

EDITORA AFILIADA

Atendimento e venda direta ao leitor:
mdireto@record.com.br ou (21) 2585-2002.

Não tive nenhum prazer em conhecê-los

Romance mosaico

Ah, meu provável leitor, não sei se consegui
tirar toda a fuligem desta minha, agora sua,
por assim dizer, chaminé.

Para Luiza, Paulo Humberto, Guilherme

*Já não me perco em êxtases — deve ser por causa desta bússola cujo nome é velhice. Depois dos noventa não deve haver outro refrão mais adequado do que o apelo do memento mori — lembra-te de que deves morrer. Seja como for, afugento possíveis lêmures caminhando a trouxe-mouxe pelas ruas desta metrópole apressurada, ou, quem sabe, tentando inútil drenar pântanos bancarroteiros. Sei que vida toda perdi; que vivo num universo onírico boschiano; que, apesar de perder amiúde, evito me alimentar de novos rancores. Caminho; possivelmente para conter os impulsos agressivos destrutivos, controlar paixões indômitas — mesmo sabendo que elas, deusas da derrocada, continuarão lançando mão de sua competência para tornar ainda mais movediços meus caminhos; que não vão reconhecer jamais que suas leis são antiquadas, tirânicas, pouco condescendentes, e que seria preciso reformulá-las. Preciso recuperar esperança, aquela que décadas e décadas atrás se tornou inútil feito bricabraque que habita depósito de entulho, ou se fez em pedaços à semelhança de cântaro de barro quebrado. Jeito é voltar para casa. Continuar lendo São João da Cruz — poeta cuja delicadeza de afetos e elegância espiritual possibilita guiar-me nas noites escuras.

*Inútil lançar esconjuros de todos os naipes: enredei-me ingênuo nos laços de solidão ilícita. Faltou-me astúcia para o arranjamento longevo.

*Taciturno... Sempre tive vontade de lançar mão desta palavra em algum romance. Taciturno...

Gostaria de ser escritor taciturno: enriqueceria minha biografia. Possivelmente tive ancestrais dessa estirpe — fazedores de silêncios incômodos e de respostas monossilábicas e de infinitas circunspecções e de horas sombrias. Possivelmente. Taciturno... Nunca ouvi ninguém sussurrando nas mesas circunvizinhas: *Aquele ali, sim, de rosto sulcado, é escritor taciturno*. Pena: sou no máximo niilista romântico ou galhofeiro poético ou melancólico discreto — menos taciturno. Pena. Não perco a esperança: dia hoje ventoso, desvanecido, difuso, sombrio, propenso à apatia, ao indiferentismo — bom também para praticar taciturnidade.

*Impassível, indiferente a tudo-todos: abandonei de vez, inclusive os tais franzimentos de cenho.

*Desconfio que não existe nada mais premonitório do que a velhice. Não há nenhuma metáfora neste cruel acontecimento. Envelhecer? Ouvir a todo instante tropel não muito distante dos cavalos das Moiras. Sim: agora, aos noventa, estou por conta dos caprichos dessas determinadoras dos nossos destinos. Sei que não vou perdoá-las pelo mal-entendido: eu deveria ter ido primeiro do que ela (aquela que voltará jamais); que favorecia, pela própria existência, o prosperar do encanto; morte dela empalideceu de vez meus dias, estancou o ânimo; nobreza também perdeu de vez a compostura; tornei-me íntimo dos escaninhos e seus apetrechos abismais.

*Sou muito afetivo, pegajoso — motivo pelo qual gostaria que Deus fosse palpável.

*Existe acordo tácito, mitológico, entre mim e Melancolia: ela, não ultrapassará as colunas de

Hércules; eu, não anteciparei, de moto-próprio, chegada do barqueiro Caronte.

*Escrevo possivelmente para driblar a inquietude; para, quem sabe, não deixar esperança se desvanecer de vez. Hipóteses. Sei que não abro mão dos momentos sublimes da escritura, instante em que palavras e eu nos enrodilhamos em afagos mútuos — inexprimível entretecimento de canduras. Juntos, abolimos o mutismo da página em branco; frustramos o inacessível, o acaso; decodificamos o insondável; desbastamos limites linguísticos. Palavra é arauto do escritor? Ou vice-versa? Sei que ela é meu tapete mágico sobre o qual atravesso abismo do indizível. Palavras e seus reiterados acessos de compaixão: se compadecem com ela, minha aridez lexical. Juntos, encurtamos lonjuras, cativamos feitiços, prendemos verbo nas malhas do insondável, descendo ao reino das sombras à semelhança de Eurídice. Juntos, entramos no multifacetado redemoinho da imaginação; escapamos amiúde do tédio, nos desintoxicamos da solidão. Sei que elas--eu nos juntamos para fabular insipidez do cotidiano. Palavras me ajudam a atiçar a chama do imaginário — parede através da qual vou tateando meu caminho prenhe de fantasmagorias.

*Sim, acredito em reencarnação: garoto ferruginoso cochilando aqui no frio desta calçada é Napoleão redivivo — ouço-o murmurando: *Um edredom, um edredom, meu reino por um edredom.*

*Eu? Ímã dos tentáculos do desconsolo. Inútil tentar me esconder atrás daquele outro meu outro outrora menos desconsolável: ele morreu depois da morte dela (aquela que voltará jamais). Sim: já fui mais intacto de angústia, já fui menos contíguo de mim mesmo — mais rente àquele outro, o menos niilista, aquele quase-eu de asas fluentes, de voos eufóricos que inventavam ventos.

*Dias entorpecedores, monótonos... Jeito é caminhar pelas ruas desta metrópole apressurada — meus passos, ao contrário, cada vez mais lentos. Caminho para me afastar entre aspas da solidão que excede ao necessário. Tarefa difícil demais descartá-la aos noventa; caminho fingindo que passos apaziguam meu desconforto inexistencial, se assim posso dizer. Sei que minha lenteza deprecia inconsciente lepidez da multidão que passa aqui na calçada. Vejo na esquina casa antiga sendo demolida — curioso chamar à memória substantivo similitude. Sei também que barulho seco das paredes desabando parece coro de sátiros zombando explícito do passado.

*Velhice vem trazendo-me, a trote rasgado, decrepitude inescrupulosa.

*Agora, nonagenário, comecei a praticar brandura e maleabilidade — jeito de oferecer em sacrifício meu eu belicoso. Sim: conspiração recôndita.

*Melancolia? Eu? Inegável camaradagem entre nós — e gosto musical parelho: ambos temos apego excessivo por ela, Billie Holiday. Ao ouvi-la, somos ato contínuo possuídos pelo contraditório: encantamento do desencanto dela. Quase sempre sua música nos traz à memória Schopenhauer: *A vida é um negócio que não cobre os custos.* Lançamos mão de Billie para sonorizar nossas rimas — Sim: nossos trancos-barrancos. Melancolia? Eu? Banzo é nossa práxis. Há também entre nós reciprocidade na submissão voluntária. Somos criador e criatura ao mesmo tempo. Sei que Billie Holiday nos acalanta embalando nosso berço-desalento-de-tristeza--oblíqua; sua voz cinza, metálica, plangente, vai aos poucos soltando lascas do tronco dela nossa árvore genealógica do desencanto. Melancolia? Eu? Ambos sabemos que Billie reescreve nossa história com grafia lúgubre.

Sei também que ela, Melancolia, tira proveito de minhas lágrimas, transformando-as em água-benta para borrifar a si mesma; jeito místico de se encentrar, abluir para receber com mais completude preces ensombrecidas, lamentosas dela, nossa deusa Lady Day, mestra em arremessar esperança para outra margem do mundo, em protelar alvoradas, em fazer cicatriz para durar além do tempo estabelecido.

*Não, nenhum ar atmosférico em movimento natural há décadas — nenhuma hipótese de cata-vento qualquer ranger ao meu redor.

*Agora, aos noventa, tenho vivido solidão aliterativa — sim: de silêncios sombrios. Desconfio também que sequer minhas palavras estão resistindo à passagem do tempo: já não conseguem domar vertigens do próprio autor — são essas inescrutáveis tramas do léxico. Sim: aos noventa, nada mais é prematuro, inclusive palavras agora entrançadas nos teares do desconsolo — palavras-obituário. Meu quarto, meu eremitério, apesar de ela, solidão, ser desprovida de beatitude. Agora, aqui, desacompanhado de tudo — até vocábulos andam fugidios. Sei que flechas disparadas por Sidharta nunca caíram perto de mim — sim: aquelas que onde caíam brotavam uma fonte. Sei que minha solidão, injúrias do silêncio, é koam que não conseguirei resolver; que, aos noventa, dei adeus definitivo às incandescências.

*Nem revolução, nem educação: no final dos tempos haverá debandada geral — e todos gritarão, uníssonos, à semelhança de um Rousseau às avessas: ISTO NÃO É MEU!

*Não sei duração do instante — segundos, minutos? Sei que gostaria de olhar nos olhos azul-turquesa dela (aquela que voltará jamais) só mais um instante.

*Decrepitude? Lâmina de sua plaina é afiada demais — deusa dos despedaçamentos reina inexorável sobre nosso destino — sim: impossível desvendar sua intrincada teodiceia. Sei que deusa-plaina deixa meu caminho numa estreiteza quase intransitável — chega para secar-esfarelar nossas folhas: vivem-se dias postiços; chega para nos dizer alto-bom som que vida agora, mais do que nunca, é prescindível. Impossível afastá-la dele, nosso caminho: não temos mesmo poder daquele gigante de pedra da lenda indígena: se um rio se opunha ao seu avanço, torcia-o com as mãos enormes, desviava-o do curso, atravessando até chegar em terra firme. Inútil do mesmo jeito procurar esconder-se no oco de sicômoro qualquer. Jeito é virar todos os espelhos, fingir que ela, decrepitude, chegou apenas para senhora (vítima de irrefutável encurvamento) que passou agora por mim aqui na calçada se arrastando, apoiando-se numa bengala.

*Escrevo porque sou submisso ao irremediável. Palavras às vezes se metamorfoseiam em duendes infernais apenas para embaralhar minhas ideias, que já vivem naturalmente no umbral do delírio. Seja como for, faço delas, palavras, relha de arado que procura ingênua rasgar chão ainda não cultivado.

*Agora? Bocejos, ininterruptos bocejos diante da vida — atimia mater. Bocejos arrefecendo desconsolo: hiato cataplasmado entre decrepitude e morte. Apesar dos noventa, ainda não entendi arqueologia dos bocejos submetidos ao signo do tédio. Desconfio que surgem para escarnecer do próprio fastio; este, por sua vez, transforma-os em guardiões do desconsolo — proveito mútuo. Não entendo igualmente genética desta, digamos, orgia desalentadora

— arquétipo da extenuação de mim mesmo. Desconfio também que há insistência oportuna desses bocejos: amortecem pragmatismo dos meus instantes lúgubres.

*Vez em quando me incomodam (feito agora) esses cochichos aqui neste quarto-claustro entre eles, meus extintos amigos. Curioso chamar à memória que foi numa desabitada noite, numa certa esquina de Buenos Aires, que Macedonio Fernández, mesmo depois de morto, explicou ao amigo Borges que morte é uma falácia.

*Caminho mais uma vez pelas avenidas desta cidade apressurada, cuja atmosfera permanece suja. Possivelmente procuro tempo todo o imprevisto. Caminho — eu, melancolia e seus apetrechos sombrios. Meu semblante, este, sim, continua resignado. Acho que sou melancólico artificial: ainda tenho saudade dos meus joviais tempos de embriaguez absoluta. Hoje vivo assim: afeiçoado à ociosidade lírica; escrevendo, feito agora, numa mesa de confeitaria. Fingindo conjecturas: posando de escritor para moça sentada sozinha à minha esquerda. Não tem entusiasmante beleza. Pouco importa: juventude traz em si aspecto luzidio, reluzente. Olhei para ela duas, três vezes sem entusiasmo — já não encontro mais devassidão nem mesmo nele, meu olhar. Sei que ela nunca será minha confidente: jovem demais para gastar tempo ouvindo retrospectivas lamuriosas. Sim: tempo todo reatiçado pelas reminiscências. Envelhecer é olhar sempre para trás — mulher de Lot em tempo integral. Assim como os chineses veem as horas no olho dos gatos, também vi agora as horas no olho daquela jovem: já é muito tarde para mim.

*Não, pelo menos esta crítica não posso fazer ao cristianismo: velhice é anterior a ele.

*Morte dela (aquela que voltará jamais) espatifou possibilidades, substanciou o não-querer-

-mais, interrompeu trote rasgado do idílio, extinguiu todas as vogais do meu alfabeto, cujo nome é cotidiano. Depois da morte dela aflorei próprios desleixos; desregulei afetos; dias agora amanhecem aleatórios, alheados, sem preceituários; balança se inclina para inquietudes perenes — palavras, sim, se multiplicam para acalentar saudade.

*Abro janela para livrar-me do ar sufocante da solidão e vejo lua minguando feito eu, que uivo para ela.

*Sensação de que não existe mais plangência alheia: todas as plangências agora são minhas; que apenas meus dias se empalideceram; que mais ninguém, além de mim, consegue se dispersar de si mesmo embrenhando-se nas autocomiserações; que sou único escritor cujos heterônimos conspiram contra o próprio criador; que somente eu choramingo uma lenga-lenga nonagenária — sim: que apenas eu sinto-me tomado de amargura e sobressaltos, móbil da própria longevidade; que sibilância do vento só alcança íntimo deles, meus ouvidos; que tenho direito exclusivo de ser a todo instante observado ocultamente pela morte; que só minhas manhãs são difusas — sim: desconfio que sou vítima de paranoia exclusivista. Sei que há entre tudo isso grandes lacunas também exclusivas.

*Os desencontros foram feitos apropriados para solapar minhas perspectivas.

*Minha vida? Insípida? Desconfio que não há insipidez no vazio.

*Comprei chapéu, bengala, agora só falta introspecção. Moço da chapelaria me disse que não sabe se já existe no mercado loja que vende acessórios para semblante.

*Nasci propenso melancolizar-me tempo todo — sim: este estado mórbido que ainda se perpetua. Melancolia vida inteira me disciplinando com insensatez do desconsolo. Impossível rechaçar agora, aos noventa, tal sentimento, tão íntimo e duradouro. Acostumei-me ao irremediável que hoje dispensa perplexidez. Sei que melancolia (e seus fulgores incontroláveis) me espreita atrás de minhas próprias palavras. Há tempos meu entusiasmo vem passando por um processo lento, gradual, de emurchecimento — escorregadio também, sim, entusiasmo sempre arredou-se dele, meu caminho. Hoje, aos noventa, posso dizer que fui apenas alguns entre parênteses neste longo texto cujo nome é vida. Sei que na velhice é possível aproximar-se mais amiúde dos próprios recônditos; que, à semelhança de Empédocles, também estou farto do peculiar.

Seja como for, já não me assusta precocidade dela, minha melancolia.

*De repente, teto dele, meu quarto, manifestou-se de modo brilhante, reluziu — desconfio que seja reflexo da saudade dos olhos azul-turquesa dela (aquela que voltará jamais).

*Há muita pungência lá fora — sim: acho que nunca vivi em consonância com esta metrópole apressurada. Sei que tempo quase todo neste quarto-claustro nunca serei incluído em recenseamento — não vão me encontrar: sou agulha neste palheiro. Seja como for, desconfio que sombras ainda não são recenseadas. Sei também, reconheço, que ruas e avenidas e becos desta cidade não podem se responsabilizar pelas minhas mal-andanças. *Si muero em tierras ajenas, lejos de donde nací, quien gabrá dolor de mi?*, perguntaria cancioneiro espanhol, possivelmente depois de me pedir para manter-se no anonimato. Meu último desejo? Joguem num rio qualquer de cidade qualquer do interior areias dela, minha ampulheta.

*Acredito que meu desconforto na vida nunca foi ocasional: sempre me senti mal-acomodado nela.

*Difícil descoser laços intrincados da apatia. Jeito é me entrincheirar na quietude. Fazer nada, olhar para teto, talvez na tentativa de driblar possivelmente este esboço de melancolia profunda — tédio atravancando vontade de sair, caminhar pelas ruas desta metrópole apressurada. Dia amanheceu hostil, vazio, penumbroso — propício às minhas rabugices — também ao parasitismo, ao torpor vegetal. Torpor escoando banzo. Inútil tentar abstrações para enganar macambuzice, para impedir que dia se dissolva de vez no tédio, com suas horas insípidas, seus caprichos imprevisíveis. Não há como fazer regateios com angústia: são fecundas suas tinhosidades. Sei que não há inflexão apropriada para ranger esta palavra soturna: me-lan-co-lia. Manhãs assim sou fisgado por desesperança sem fúria — agonia também nenhuma. Sou, sim, vítima de melancolia que planta descontentamentos ceifando claridades de todos os naipes, inclusive impedindo passagem de luz nelas, frestas, fendas, frinchas. Sim: é quando tédio encontra suas instâncias próprias. Jeito é ir vivendo com rima que restou — trancos-barrancos, por exemplo.

*Envelhecer? Tropeçar a todo instante nos evocatórios, nos rememorativos — e cair no esquecimento.

*Assim que chegar lá em cima, diante Dele, vou pedir de volta quintal piões bolinhas de gude mangueiras dela, minha meninice. Se Ele não existir? Adeus infância para toda eternidade.

*Conheço cada átomo dela, minha solidão — sim: cada partícula do meu exílio voluntário, meu desterro; são afinadas, coesas na tessitura deste tecido áspero, cujo nome é abandono — sim: partículas exímias, tecedoras de vários, imensos, inacabáveis vazios. Impossível esquivar-me ao exercício sádico dessas microscópicas guerrilheiras do desconsolo. Duelo desigual, inócuo — átomos atrozes: estimulam incompletudes, afugentam placidez do ar da noite que poderia entrar pelas frestas da porta e janela deste quarto. Difícil atinar real capacidade metafísica do átomo dela, minha solidão. Desconfio que estou sendo injusto: às vezes (feito agora) consigo ver essas partículas à semelhança de exército de formigas trazendo-me, em vez de folhas, palavras.

*Cântaro — palavra bonita, sonora, receptiva: aquática. Faço dos vocábulos meu brinquedo lúdico. Sim: lúdico — palavra-jogo, prazerosa, artística, erótica, sim, erotizada pela psicanálise — esta sim, palavra consciente, terapêutica, de alma própria, nasceu destraumatizada. Neologismo? É emprego de palavras novas, derivadas ou formadas de outras já existentes, na mesma língua, traumatizado, por exemplo.

*Hoje? Aos noventa? Lembro-me pouco do passado: vítima de inúmeros naufrágios mnemônicos.

*Vida toda fui presa fácil para deusas das derrocadas. É assim quando tempo todo olhamos zombeteiros para o incognoscível? Sempre achei que pudesse prescindir dos mistérios. Desconfio que ainda acho. Desconfio também que descrença é meu anestésico. Sei que viver é muito desconfortável — e quase sempre ensombrecedor. Vez e outra, reconheço, luminosidade negligente se manifesta aqui-acolá ao longo dela, minha inescrutável existência.

Hoje? Aos noventa? Dias baldios. Mas ainda não fui turvado pelo desejo do não amanhecer.

*Ao lado dela (aquela que voltará jamais) sensação de que entardeceres se eternizavam desafiando ação do próprio tempo; minutos horas desaguavam na perpetuidade de nossas conversas peripatéticas: sempre caminhando de mãos dadas, muitas vezes comentando sobre paisagismo e arquitetura dos lugares por onde passávamos — diálogos quase sempre topográficos. Metrópole apressurada me parecia mover-se vagarosa, compassada quando estava ao lado dela (aquela que voltará jamais). Sensação de que havia espontaneidade em tudo, inclusive neles, nossos passos; transeuntes todos pareciam orbitar em redor do nosso amor — cidade também: sensação de que chaminés estancavam suas fumaças e carros emudeciam suas buzinas e camelôs apenas sussurravam seus convencimentos mercantis e saxofonista da esquina esbanjava jazz numa sonoridade adequada. Sensação de que ela e eu, juntos, trazíamos sombras para

tardes ensolaradas pelas quais transitávamos
— sim: caminhando juntos de mãos dadas
parecíamos dar plenitude à cidade. Sei que há
muito tempo meus passos ficaram órfãos dos
passos dela; que depois de sua morte cidade que
era apenas nossa também morreu.

*Wallace Stevens: *A raça inteira é um poeta que
escreve as proposições excêntricas do seu destino.*

*Desconsolo se obstina — não sei como me
recuperar dos extravios delas, minhas plangências. Esperança? Empreendimento inócuo.
Riso? Perdeu mobilidade nos lábios. Olhar?
Apropriou-se do sem-sentido. Vida? Desconfortável, desconcertante — tempo quase todo
neste quarto feito refém do nostálgico. Tivesse
fé saberia (quem sabe?) tornar tântricos dias
meses restantes. Consequência disso tudo?
Ambiguidades — seja lá o que pretendo dizer
lançando mão desta palavra naturalmente am-
bígua. Assombramentos senis também. Nem
tudo está perdido: cansaço da velhice arrefece

estupefação. Epifania? Jeito nenhum: não há disposição divinizante nela, minha solidão — despojamento teológico. Desconsolo antecede euforia, cria corpo, rechaça antinomias, perpetua impossibilidades — sim: desarraigado de vez do entusiasmo. Inútil às vezes (feito agora) buscar conforto nas palavras: desconsolo parece que chega em forma de apagador implacável de vocábulos. Jeito? Adaptar-me (dentro do possível) às viscosidades do cotidiano.

*O quê? Não estou entendendo: depois de mortos, vocês, amigos, continuam falando todos ao mesmo tempo.

*Dia hoje muito proveitoso: fiquei tempo todo pensando no que vou fazer amanhã.

*Velhice? Espada de Dâmocles. É preciso muita resignação estoica para conviver com absoluta falta de destreza para enfrentar esse desígnio mitológico. Minha velhice? Chegou quando percebi que deslumbramentos ficaram cada vez mais rareados. Decrepitude engendrando desalento nublador de horas dias meses. Sim: não nasci para rastrear, nunca segui pegadas da euforia: desconheço topografia do entusiasmo que possivelmente encafua-se em paragens distantes. Jeito? Lançar mão das palavras para não me sucumbir dizimado pela autocomiseração — às vezes vocábulos ressequidos, de odores duvidosos, mas sempre obstinando-se em tecer frases para beneficiar própria sobrevivência do autor vivendo há algum tempo nos beirais dos dias sempre ensombrecidos de saudade. Sei que agora, aos noventa, viver é ocupação fictícia. Sei também que decrepitude prolongada é epopeia da morte, seu mais longo poema, seu épico. Infarto fulminante seria seu epigrama favorito?

*Vou perdendo a passos largos memória, mas não consegui ainda apagar rancores.

*Desconfio que há exagero de ácaros nele, meu ocaso — sim: decrepitude faz de mim o que bem entende. Sensação de que agora, aos noventa, sou forasteiro inclusive aqui neste quarto-claustro atafulhado de sombras fantasmagóricas.

*Avistei de longe pela manhã lugar tenebroso, aquele cujo nome é Cracolândia. Impossível não ser cooptado pelo desalento in totum. Resto do dia assim: tristonho, diante deste estrangulamento sem identificação que atende pelo nome de angústia. Não é por obra do acaso que vez em quando me pego salmodiando litanias em honra delas, deusas da derrocada in totum — sempre altivas, abrem mão jamais de sua marcha triunfal, tampouco de seus vaivéns persistentes. Não, amigo, obrigado: declino-me de sua incumbência, desconsidero, descarto qualquer possibilidade de colaborar escrevendo verbete qualquer para sua Nova Enciclopédia da Esperança.

*Meu futuro não me intimida, não me amedronta; meu passado, sim: sinto medo tremura tremor quando raramente penso nele.

*Torcicolo que me acompanha vida quase toda me impede de encarar coisas de todos os ângulos possíveis.

*Impossível remendar esse tecido remoto, longínquo, cujo nome é passado. Há décadas vivo me esgueirando entre equívocos e inquietações da consciência — sim: arrependimentos. Existe muito pouco entusiasmo sobre mim mesmo quando olho para espelho retrovisor. Impossível me despojar de tantas tropelias, de tantos desatinos pretéritos; difícil livrar-me do caráter tirânico delas, minhas contrições que solapam sentimento; mais difícil ainda desacorrentar-me desse passado pantanoso. Sim: nem sempre é possível se refugiar na desmemória. Sei que é constrangedor ser meu próprio verdugo — principalmente quando percebo que acrescento alguns arabescos autocomiserativos nelas, minhas reais estripulias também envelhecidas.

*Algures, alhures, tanto faz: foi lá que deixei minha vida depois da morte dela (aquela que voltará jamais).

*Não vejo nenhum rigor ético nela, minha solidão — prepotência, sim: sempre se basta a si mesma. Hoje, aos noventa, é sensação com a qual preciso conformar-me — sim: há carência estética nisso tudo, inclusive no conformismo. Parece que nele meu isolamento voluntário consegui abolir, me afastar até mesmo dele, meu outro — se isso é possível. Sei que solidão é fardo pesado que perde intensidade apenas com aparecimento das palavras — na ausência dos vocábulos ela torna-se pertinaz fazedora de angústia, que, por sua vez, tece inquietudes irrefreáveis. Curioso: não me lembro de ter lido na infância cartilhas precavendo-me contra solidão senil — sim: preceituário para driblar predestinações. Deveria registrar solitude em cartório, atestando num parágrafo único sua intransferibilidade — se assim posso dizer. Sei que fundura dela é inimaginável.

*Tenho relação muito próxima com melancolia e sua ninhada de substantivos desoladores: angústia, desconsolação, apatia, outros tantos mais, todos devoradores de cintilações, artífices do sombrio. Desconfio que se expressam uns com os outros por meio da mímica — extenuante, inútil, tentar decifrar fisiologia do gesto. Ah, esses substantivos melancólicos e suas simbioses abstrusas; fazedores de tempos pálidos, irrespiráveis; construtores de dias rasteiros sem horizontes — dias répteis. Artífices igualmente do vazio. Substantivos todos da mesma árvore genealógica: arbusto especialista no fabrico de frutas amargas, espinhosas. Sei que melancolia

e sua ninhada me vegetam, alongando ad infinitum meu abstraimento.

*Do ventre à sepultura há longo e trepidante e
cascalhoso caminho. Mas não vamos nos de-
sesperar: não foi Jó quem disse que vida é um
sopro?

*Ainda não inventaram emplastros para sau-
dade. O amor? Sempre foi para mim tarefa
inconclusa, cheia de impossibilidades efetivas-
-afetivas. Sei que agora durmo todas as noites
sabendo que sem ela (aquela que voltará jamais)
os despertares serão inúteis. Não, você que está
diante deste fragmento não vai encontrar discreto vestígio dos lacrimejos deles, meus olhos.
Curioso: noite passada sonhando, perguntei,
quando era abraçado por uma linda nua jovem:
*Por que você não me abraçou antes outras vezes
noutras vidas?* Sensação de que agora, aos noventa, até nos sonhos convivo entre aspas mais

amiúde com as lonjuras. O tempo não puirá nossos encontros — diria John Donne.

*Velhice? Profecia bancarroteira esculpida e encarnada; riacho minguando, secando; é quando esvaecimento maneja o leme na mão; é restolho, migalha da vida — mas, para quem acredita numa outra existência post mortem, velhice deverá ser infância do eterno.

*Indecisão itinerária estropia meus passos. Não sei caminho pelo qual devo seguir. Adianta nada franzir sobrolhos. Sei que esta chuva repentina denigre ainda mais minha dubiedade, meu titubeio, minha atarantação. Paranoia, talvez: desconfio que virando agora esquina qualquer vou rolar abaixo numa ladeira despenhosa. Talvez tudo seja vontade de trilhar de volta caminho da infância, retroceder quase oito décadas, sentar naquele banco de praça interiorana, ficar de mãos dadas com ela, minha primeira namorada. Sei que amanheci refém de manhã chuvosa, tatibitateante, nostálgica.

*Tudo me inspira nostalgia — tenho saudade até daquela moça desconhecida que ontem sorriu para mim da escada rolante direção oposta.

*Hoje? Aos noventa? Vivendo diante do horizonte impreciso do desconsolo — sim: atormentado pelos ensurdecedores estrugidos do pré-anestésico do adormecimento definitivo. Agora? Absorvido pelas reminiscências, atravessando décadas retroativas: vejo-me, ainda pequeno, onze, doze anos, se tanto — rua atafulhada de prostíbulos, cidade interiorana. Cinco horas da tarde, mulheres nas janelas: hora do recreio, por assim dizer — todas pensando (quem sabe?) no dia em que foram expulsas de casa pela mão forte implacável da intolerância. Meu pai? Amigo de dono de restaurante que ficava nesta rua-bordel. Fui buscar marmita para nosso jantar. Zabaneiras modo geral brincavam comigo — cada uma à sua maneira; frase de uma delas nunca mais esqueci: *Ei, mocinho bonito, vou ficar nesta janela, sem sair do lugar, mais dois anos; só voltarei para dentro nos seus braços. Combinado?* Não deu tempo: meses seguintes mudamos para capital. Curioso: sensação de que estou agora aqui na janela deste quarto-claustro possivelmente esperando por ela — quase oitenta anos depois.

*Sim: ainda me restam alguns fragmentos diminutos de devaneio.

*Inútil insistir: palavras amanheceram acocoradas, esquivas, cabisbaixas no canto da sala: não querem se expor de jeito nenhum.

*Solidão às vezes (feito agora) se exacerba, intensifica-se, se empolga, numa progressão ascendente. Sensação de que até o ar deste quarto-eremitério se torna insalubre, inclina-se para degeneração. Difícil explicar: parece que tudo perde de repente sua nomenclatura. Agora, aqui, desterrado entre desconsolo e desconvívio. Inútil tentar me entrincheirar atrás da voz de Billie ou de verso de Akhmátova. É ilícita solidão desta similitude.

*Palavras desaproveitadas vez em quando entram ex abrupto na frase com maior sem-cerimônia (feito agora): incognoscível.

*Envelhecer? Perder célere a avidez. Sei que ela, minha velhice, depura desconsolo. Sim: escritor sombrio, preparei meu envelhecimento para trilhar veredas do melodramático. É inegável caráter inestético dela, minha solidão — isolamento que exala incômodo desolador cheiro do improvável. Nem tudo se perdeu: ainda não fui atingido pela desafeição das palavras. Escrevo, mesmo sabendo que vocábulos são refúgios provisórios, lúdicos, mas não me preservam dos tempos desditosos.

*Esquecer em especial humor dela (aquela que voltará jamais) é tarefa que nunca será levada a termo: são tramas tramoias mnemônicas capazes de me fazer mergulhar no esquecimento sua última frase no leito de morte: *Fique tranquilo, querido: você não vai encontrar ninguém pior do que eu.*

*Interessante: gostava muito mais da amizade dos meus extintos amigos do que deles, meus extintos amigos propriamente ditos.

*No momento em que melancolia ameaça emergir das águas abissais do desconsolo, quando desesperada angústia lucreciana ameaça desestruturar de vez meu juízo, caminho pelas ruas desta metrópole apressurada, deixando para trás vestígios inequívocos de minhas inquietudes costumeiras, meus ressentimentos cotidianos. Andejar para não doidejar. Às vezes ando inconscientemente rápido para apressar o dia talvez. Noutras ocasiões, mais rabugento do que nunca, sigo em frente apenas para desconcertar planos da volta. Modo geral cantarolo, mas sem tablado nem trupe, sou ator errante, errando passos, encenando próprios cambaleios. Mesmo sobre calçadas secas sinto que meus passos estão cada vez mais amolentados. Eu e meus rancores... Sim: nunca caminho absolutamente só. Não consigo domar volubilidade dele, meu niilismo, que, numa alternância persistente, ora desemboca na rabugice ora no lirismo. Sei que não consigo à semelhança dele, Ernst Bloch, lançar luz na obscuridade dos instantes vividos.

*Caminho manhãs inteiras para encontrar palavras nômades feito eu.

*Minha vida? Sátira menipeia: mescla desordenada de estilos. Hoje sou hostil à própria existência, mas na juventude pensava que tudo acontecia segundo destino para maior bem do todo, que ele, destino, fosse sabedoria superior, providente. Tempos depois, acreditei sinceramente numa sociedade na qual exploração do homem pelo homem desapareceria, não haveria dissimulação e astúcia e cousa e lousa. Tudo isso antes de descobrir que o mal leva necessariamente a melhor sobre o bem, que viver é tentar inútil encher tonel das Danaides. Houve período em que deixei que ele, prazer, assumisse importância preponderante, vivendo sob domínio do hedonismo, até me dar conta da realidade (por força das circunstâncias temporais, a velhice) — sim: tornando-me pragmático. Sei que nunca entendi aspecto jurídico dela, minha existência, menos ainda essa falta de rigidez ortográfica — seja lá o que isso signifique. Desconfio também que piratas pilharam minha possibilidade de encontrar numa esquina qualquer o incognoscível.

*Envelhecer? Deixar correr à revelia flamejamentos de todos os feitios; é ficar sozinho na beira da estrada esperando carona do próximo comboio de outros fantasmas.

*Agora, aqui, nesta solidão que se corporifica em quarto-eremitério, receptáculo de minhas lamentações — além das plangências dela, minha Lady Day. Quarto-claustro de estreiteza espacial arbitrária, lugar no qual desprezo se aconchega — lusco-fusco arrepiante; tudo condizendo com perspectivas do morador. Inútil vedar portas, janelas: ressentimento já fez deste espaço exíguo sua morada definitiva. Sei que inventor do sombrio é muito perspicaz.

*Sim: noventa anos anódinos: nunca provoquei suspiros.

*Às vezes desconfio que sou muito servil ao desconsolo; percebo que minha subserviência anda em círculos, numa espiral que se propõe eternizar dependência — ou por que acredito ser ele, desconsolo, loção que rejuvenesce minha literatura? Será que há entre aspas misantropia no desconsolo? Que ele é minha ascese? Que é lugar no qual as palavras encontram sua plenitude absoluta? Parodiando Kafka, poderia dizer que, às vezes, lenitivo é desolador? Acho que desconsolo é terreno fértil para boa vindima — literária. Sei que ele, meu desconsolo, é aliterativo: vem das desventuras que emprenham as palavras de desconforto. Sei também que o desconsolo, além de me provocar inquietudes lúdicas, bastão no qual apoio durante parágrafos inteiros, excita voos. Desconsolo? Planta da família das cactáceas; espécie de pequeno dicionário cujos verbetes são alérgicos aos verbos viçosos, às palavras reluzentes, aos adjetivos frondosos. Sei que minhas palavras já se habituaram ao desconsolo.

*Mágoa? Acho que guardei algumas em algum lugar — não sei exatamente onde: memória hoje em dia muito fraca.

*Decrepitude, angústia, solidão, desconsolo... Vida quase toda participei (incitado pelos acontecimentos casuais, imprevisíveis) dessa orgia substantival — sim: tempo todo seduzido pelo infortúnio, pelo êxtase do desespero. Desconfio que transformei esses quatro substantivos com os quais abri fragmento neles, meus heterônimos, e não há regateios: chegam abruptos, muitas vezes na mesma hora, mesmo dia, reunidos numa bacanal desalentadora, incontrolável. E aquele que cai na tentação é culpado, ele mesmo, dessa tentação — se me permitem incluir pensador religioso dinamarquês nessa licenciosidade. Sim: fui corrompido por todos eles: acostumei-me a ficar exposto à rapinagem dos meus heterônimos substantivais. Impossível, hoje, aos noventa, me desvencilhar deste quarteto sádico-sombrio: decrepitude angústia solidão desconsolo.

*Alheio, indiferente, à margem: vida toda passei sequer do hall de entrada dos acontecimentos.

*Desconfio que melancolia é talismã das minhas palavras — aplana caminho delas em direção às frases; elemento principal dos meus parágrafos. Fragmentos deste livro são afluentes deste imenso rio cujo nome é melancolia; juntos, fomentam cultivo do desconsolo — todos imprescindíveis ao autor. Sim: lanço mão das palavras a todo instante para despertar com seus guizos quietude insuportável deles, meus solitários dias; sobrevivo respaldado nos vocábulos. Sim: desconcertante viver tempo inteiro assim.

*Quando caminhava de mãos dadas com ela (aquela que voltará jamais) pelas calçadas desta metrópole apressurada, dias ficavam menos inúteis. Preocupava-me até mesmo em escolher sinônimo mais apropriado aos eflúvios que se desprendiam da palma de sua mão quase sempre exalando alento. Exemplo? Em vez de arbusto, dizia árvore: arbusto é palavra sombria; árvore, sombreada. Agora? Meus passos solitários atiçam saudade — deixá-la ir embora foi meu maior tropeço. Agora lá em casa duas cadeiras se miram vazias — diria Pavese. Eu? Digo que faltam dois olhos azul-turquesa em sentido contrário ao meu travesseiro. Sim: também conheço ventos funestos iguais àqueles que jogaram Odisseu para ilhas distantes, muito distantes dela, Penélope. Depois que ela morreu deixei de ser, eu mesmo, minha própria morada.

*Todos se imbecilizaram de vez ou minha rabugice foi além das colunas de Hércules?

*Aqui desta mesa de confeitaria vejo que lá fora na calçada pessoas vão e vêm — seria muito bom se elas apenas fossem.

*Não ouço, vejo clamores nos olhos dos outros que passam aqui nesta avenida. Apesar da pressa, percebo certo constrangimento nos passos deles: certamente sabem que seus pés são arados que aram coisa nenhuma. Transeuntes cujas perspectivas se naufragam a priori? Nesta avenida parece que não, mas esperança perambula alhures, a duas, três quadras daqui possivelmente. Sei que esses ternos, essas gravatas encobrem certo cansaço — sim: todos exauridos pensando talvez que além de subir é preciso se manter ad aeternum no topo.

*Desavisei-me de todos os riscos da decrepitude e cheguei até aqui — aos noventa; impossível resistir à pilhagem do tempo: não há entre mim e ele nenhuma possibilidade de barganha — inexiste brecha para arrefecer enfurecimentos dos dias que manufaturam decrepitudes — exímias fazedoras de destroços. Hoje? Pastor decrépito que não ordenha nem mesmo próprios passos. Jeito? Para não ampliar rosnados, rugidos, apegar-se aos

mistérios: contar (quem sabe?) com rejuvenes-
cimento póstumo — isso saberei transpondo
fronteira.

*Vida toda fui ruim de matemática — motivo
pelo qual nunca entendi geometria dela, minha
solidão.

*Sempre que vejo meninos-meninas abandona-
dos dormindo na rua, penso, utópico: deveria
existir lei universal, segundo a qual toda criança
teria direito a um teto — sob o qual, entre outras
coisas, deveria existir gaveta cheinha assim de
lençóis de linho e edredons.

*Velhice? Edícula da vida: sobraram apenas
balbucios estéticos do quintal — sim: gosto de
inventar frases de aparência insólita. Velhice,
edícula, tanto faz: aqui prepondera segundo
plano. Adeus aos jogos de antinomias heracli-
tianos: luz e escuro, luz e escuro, escuro, escuro,

escuro. Deus da fatalidade nos joga, abrupto, atrás de sua casa de moradia sem negociações preliminares, exortando-nos ao desconsolo, aos resmungos inúteis. Sim: aos noventa, solitário feito eu, vive-se obliquamente, de esguelha, e também sob emanações nada sutis exaladas da melancolia — eflúvios mórbidos. Desconfio que ela, melancolia, é estado no qual ficamos numa situação anticartesiana: eu não sou, eu não existo. Apesar dos pesares estou de pé, caminho pelas ruas desta metrópole apressurada — ando ociosamente, sem rumo, sim, ainda pratico flanância: caminho para tentar iludir vigilância do tédio, da angústia que a todo instante embosca-se para me surpreender amiúde nele, meu quarto-eremitério.

*Curiosidade: Qual será o dia da semana que me negará para sempre dia seguinte?

*Caduquice não é de todo ruim: dispensa reminiscências — proezas nostálgicas, mnemônicas.

Depois dos noventa não é aconselhável ter intimidade com tempos pretéritos; se possível, sequer com o presente. Caduquice? Nos coloca diante do indefinido, do etéreo, do espaço das absurdidades. Depois dos noventa é providencial se enclausurar no destrambelho, afagar o insólito, se equilibrar tempo todo nas metáforas mal-ajambradas.

*Escrevo para recolher estilhaços desta minha vida-vidraça que eu mesmo apedrejei.

*Às vezes passo manhã inteira numa prevaricação daquelas com as palavras.

*Velhice vai me fazendo perder aos poucos própria parecência. Evito olhar-me no espelho: sempre reflete outro eu cada vez mais diferente do de meses atrás — sou minha própria estranheza, desconhecido de mim mesmo.

Absurdidade inquietante, indomável. Recuso-me a acreditar no que vejo: desdenho, faço pouco-caso do poder persuasivo do espelho que me mostra sem subterfúgios num pout pourri visual todos os meus eus da vida toda. Sei que tirei espelho da parede, coloquei-o de cabeça para baixo no fundo da gaveta. E o tempo? Jogá-lo dentro do baú que fica lá no sótão? Poderia?

*Caminho, como sempre, entre a caverna do nada e a ponte dos porquês — dos quais nos falou Gracián.

*Há nove décadas parece que convivo sutilmente tempo todo com Isto a que chamam Vida. Parece: vista sempre opaca — nunca vi Isto com muita nitidez. Não posso negar também meu distraimento; sou a abstração em pessoa — metade de minha existência esqueci de respirar. Vida partida ao meio? Sei que esse meu esquecimento providencial é móbil da preguiça — de viver. Vivo meio deslocado: só pertenço de viés ao cotidiano. Não é por obra do acaso que vivo sentindo muita escassez de mim mesmo.

*Eu? Aos noventa? Rapsodo desmemoriado: tentando narrar contos épicos, rascunho a trouxe-mouxe insignificantes epigramas. Sim: subserviente às migalhas mnemônicas, aos resíduos da lembrança. Agora? Tentando, inútil, recuperar azulejos da casa demolida na qual morei vida toda. Envelhecer? Viver sob desgovernos corporais múltiplos, inclusive da memória. Muitas palavras caem em desuso no dicionário da velhice — recomposição é uma delas. Sim: aqui nada se recompõe. Sei que minha metrópole continua apressurada, a despeito da lerdeza dos meus passos. Curioso lembrar agora dele, Giacomo Leopardi: *Dor e tédio é nosso ser e o mundo é lodo — nada mais. Aquieta-te.* Sim: há outros desmoronamentos na cidade além do meu propriamente dito. Eu? Passeador solitário, cujo olhar cabisbaixo blinda tagarelices de todos os naipes — tagarelas não têm tempo para arredondar palavras. Agora vejo beata saindo ali da igreja — será que santo qualquer se apiedou dos esfolamentos dos joelhos dela?

*Vejo agora casal de jovens, bonitos, abraçados na mesa ao lado da minha. Penso convicto: Não são tão felizes como imagino, não, me recuso a acreditar nisso: são fazedores de truques. Se existe alguma coisa que dispensa sutileza é miséria: menino fuliginoso, sete, oito anos, se tanto, aqui na calçada é cena de rigidez cadavérica. Não há arteirice paisagística que atenue, que abrande, que cubra de eufemismo tamanha crueza. Atravesso a rua e bebo caldo de cana — Bandeira possivelmente deixaria girar na vitrola tango argentino.

*Empreendimento inócuo: simulo solidão sem coletar afagos.

*Agora, aos noventa, vivendo dias abstratos, protótipos de cotidianos, manhãs distraídas, tardes lerdas, tardes que às tardes são iguais, diria Borges. Entanto, providencial estoicismo rechaça ato contínuo os assombros. Semanas inteiras de inacessíveis euforias — desânimo, este sim, de fácil acesso. Nada de excessivas surpreendências: não ignoro precocidade dela, melancolia, que emoldurou minha vida quase toda. Hoje? Convivo sem sobressaltos com vultos deles, ancestrais, aqui na parede do meu quarto. Delírios exuberantes. Figura de linguagem possivelmente de mau gosto, mas não resisto dizendo que hoje, aos noventa, meus dias já amanhecem com os olhos remelosos. Sei também que minhas plangências contêm todos os tons da escala cromática da solidão.

*Não acredito em Deus — mas se Ele existisse poderia quem sabe ficar muito orgulhoso do meu comportamento verdadeiramente cristão.

*Muitas vezes privilegio demais minha solidão relendo Dante — solidão de complexa substância poética. Pratico solitude em terza rima; reclusão recheada de ambiguidades e polissemias, sombras e luminosidades, uivos terríveis e cantos celestes. Dedico quase sempre duas, três horas diárias a esta solidão enciclopédica, também epopeica, também alegórica, se assim posso dizer. Curioso: sempre, reiteradas vezes, me surpreendo, de repente, nel mezzo del cammin do texto, com certa sombra na parede — dele, Virgílio, talvez.

*Quantas covas ele cavou? Ou: Quantos segredos já enterrou?

*Decrepitude? Impossível escapar fugindo do assunto: ela não admite tergiversações — estado de adiantada velhice é bactéria de alta virulência. Envelhecer? Viver amiúde sob fúria insensata das extenuações de toda natureza.

Horas, dias, semanas igualmente opressores — é quando nos aproximamos de vez do descon- forto; quando própria vida torna-se incômoda — ômega da paciência consigo mesma. Vive-se últimos meses de sursis — período no qual começamos novo capítulo sabendo a priori de sua inconclusividade; quando tateamos minutos com mais precaução, percebemos desengonço definitivo da própria vida que nos resta — período cactáceo, se assim posso dizer. Jeito? Carregar próprios despojos neste bornal, cujo nome é Palavra.

*Declives urbanos, sim, estes consigo evitar.

*Estou pensando em escrever pequeno conto- -novela no qual narrador escritor frustrado solteirão solitário morador de cidade do interior fica todo santo dia escrevendo cartas num banco de rodoviária para destinatários fictícios. Ele, narrador, sempre entregará para passageiros aleatórios, dizendo que destinatário, com características assim-assado, estará esperando referida correspondência na mesma cidade-destino do entregador epistolar.

*Velhice? Viver dias divididos em três períodos atafulhados de brenhas, cuja sentença condenatória é (como sabem lexicólogos de todos os quadrantes) atravessar cotidianos intrincados, confusos, brenhosos.

*Chesterton disse que escritor Stevenson tinha primeira qualidade essencial a um grande homem: não ser compreendido por seus opositores; além de ter outra qualidade essencial — não ser compreendido por seus admiradores.

*Conforme senhor pode ver, muita experiência: currículo entulhado de perdas. Sim: inúmeros hiatos empregatícios, alternantes vida toda. Mas pode analisar com minudência: nenhum rancor nas entrelinhas — bancarrotas todas elas de moto-próprio. Ah, esses vácuos, longos espaços em branco entre um parágrafo e outro? Além do já citado desemprego, muitas desavenças conjugais, sobressaltos a mancheias. Essas três linhas de pontos de exclamação? Um seguido do outro entre dois parágrafos? Foram momentos de êxtases tempestuosos. Sim, bem observado: 1952 — ainda com dezessete anos, jovenzinho, quando me deitei pela primeira vez com mulher nua numa zona do interior. Perdão, senhor, abri pequeno parágrafo de imperdoável amadorismo nela, minha formação, minha experiência profissional. Reticências entre aspas, espalhadas em todo o currículo? Representam os meses-anos ocos dela, minha vida, tempos de inquietudes existenciais, precariedades às pencas, desagregando-me de mim mesmo, tentando inútil driblar prognósticos da derrocada iminente. Mas como o senhor pode constatar in loco, minha canoa não soçobrou, apesar de enfrentar durante nove décadas fluxo de água forte e contínua.

*À semelhança de Rousseau, escondo-me nas palavras para escamotear beleza daquilo que não sou.

*Engenhosidade, sim, mas não vejo pium desiderium, propósito bem-intencionado nele, meu desconsolo — possivelmente mal compreendido pelo próprio hospedeiro: eu mesmo. Inegável: desconsolo muitas vezes me empresta vida literária — substancia, fortalece minhas palavras de angústia, criando elas mesmas frases de indiscutível atmosfera poético-melancólica — há nesses momentos perfeita harmonia entre nós: simbiose produtiva. Desastre? Quando elas, palavras, durante dias, semanas seguidas se refugiam alhures deixando-me lançando mão de mímica ininteligível para dialogar assustadiço com próprio desconsolo que ignora meu confuso apelo represador. Sei que minha pantomima não comove meu desprazimento — percebe inconsistência nos gestos; que, sem palavras, embate entre mim e meu próprio desconsolo, este leva primazia sobre mim mesmo.

*Tenho em casa baú abarrotado de moedas imperiais. Não foi suficiente para conquistar coração dela, que é todinho republicano.

*Gostaria de me adestrar para o tolerantismo, exercitar condescendências, praticar mansuetudes; não ter mais escarnecimento algum pelas cópias esmaecidas de seres verdadeiramente representativos em suas altivezas, seus caracteres; não medir as coisas à medida de mim mesmo, sem antes me conscientizar da própria pequenez. Sei que custará indizível esforço: depois dos noventa é difícil demais prescindir das implicâncias. Sim: conheço de cor e salteado esgotamento prematuro de minha naturalmente ínfima paciência. Sou tecedor profissional de imprudências, de desajeitamentos de toda natureza. Fico muitas vezes estupidificado quando me pego sendo dogmático, inclusive comigo mesmo; difícil me proteger dele, próprio eu apavorantemente resmungador; me resguardar dos meus arrebatamentos transbordantes, ridículos, insólitos. Difícil? Impossível: tenho prazer mórbido em cultivar quinquilharias enfatuantes.

*Um dia um morto (saudoso do vaga-lume) criou o fogo-fátuo.

*Pudesse, trocaria pomar inteiro pelas duas maçãs do rosto dela.

*Vida? Não dei conta deste empreendimento íngreme demais para minha ofegância congênita. Nunca soube armar provisões ou acerar espadas ou preparar-me para advento do imponderável — distraído, nunca me atinei que aqui e ali e alhures há sempre surpreendências atocaiadas veredas afora. Viver é tarefa sisífica. Não nasci com capacidade natural para contemplar extasiado tempo vivido: sempre soube que as horas são tecedeiras do desfecho definitivo; que depois do último jogo é Ela, a Irremovível, que subirá sozinha altiva no pódio. Poeta? Problema nenhum se eu tivesse sido apenas ruim: minha vida também foi verso de pé-quebrado.

*Hoje sei que dor da solidão constrange mais que odor de velhice.

*Sofro com indisfarçável prazer sevícias do bloqueio imaginário.

*Aos noventa? Vontade de viver cai o mesmo tanto — em porcentagem, noventa por cento, é bom que se diga. Somos pacíficos: nunca vi em tempo algum passeata de anciãos empunhando faixas como esta, por exemplo: ABAIXO OS DEUSES DA DECREPITUDE. Desconsolo da senilidade está condenado à dispersão: sabemos da inocuidade absoluta das tentativas de combater forças ocultas. Gostamos de escaninhos — recônditos nos quais nos rebelamos sussurrantes com próprios demônios. Meu cérebro, aos noventa? Baú cheinho assim de bricabraques nostálgicos. Sei também que velhice chega quando não temos mais direito a um aparte numa discussão sobre o futuro.

*Eu? Tempo todo tropeçando nas próprias certezas.

*Confuso, pensamentos desgrenhados — lucidez sempre foi presença furtiva em mim, mas vida toda lancei mão do abstraimento para driblar vertentes todas que confluem para o destrambelho in totum. Não devemos desdenhar nossa possibilidade de viver, mais cedo, mais tarde, numa bruma impenetrável de demência — ela pode reinar inexorável sobre nosso destino. Sim: lanço mão do abstraimento para domar dentro do possível impetuosidade. Hoje, aos noventa, preciso abstrair-me dos excessos de impossibilidades me ocupando, lidando tempo quase todo com palavras — vocábulos me ajudam a esquivar-me do despedaçamento do juízo, refrear impulsos do desconcerto; da desorientação, do enfeitiçamento, do desvario. Sim: refugio-me nas palavras para não sucumbir ao desarmonioso, à preponderância do destrambelho — jeito é viver exilado nos vocábulos, provocando esvoaçar das palavras tempo todo ao meu redor. Mas sempre aplacando euforia: sei da transitoriedade da lucidez, do perigo de sermos enredados de súbito nas tramas de compêndio de enxame de estultices. Vocábulos? Estes sim, são livres e fortes e têm autonomia, livre-arbítrio para se enrodilhar de moto-próprio em todos os escaninhos das absurdidades. Ao contrário do que sempre imaginei, não são elas meu escafandro, mas sou eu o escafandro delas, minhas palavras. Há entre nós inegável simaquia.

*Às vezes ando cabisbaixo pelas ruas desta metrópole apressurada. Magna civitas, magna solitude — grande cidade, grande solidão. Não é desenxabimento: apenas procuro na calçada sobras de ternura que moça singela qualquer tenha deixado escorregar rosto abaixo entre um flerte e outro.

*Ausência de palavras? Deixa página alva num inconformismo danado. Eu? Nem tanto: sou mais resignado.

*Velhice? Arbitrariedade da natureza. Seja como for, agora deixo biliosidade ir num decrescendo contínuo; tentando soterrar de vez intolerância; procurando dentro do possível que rancor seja cada vez mais de fôlego curto. Pessimista, sim, continuo, mesmo sabendo feito ele, Nietzsche, que quem sofre não tem *ainda nenhum direito* ao pessimismo. Agora, aqui, aos noventa, em escombros, evitando a todo instante ser persuadido a entrar no pantanoso terreno das hipérboles. Sim, tudo é possível, menos me acostumar com meus demônios noturnos — facilitadores da inquietude, prerrogativa da inquietação in perpetuum.

*Rancor? Da ordem dos scorpiones: ferrão que cravamos no próprio corpo.

*Hoje vivo alheio a tudo-todos — inclusive aos alaridos.

*Minhas suposições, conjecturas vivem em eterna convalescença. Dúvida é relha dele, meu arado — vida toda me afeiçoei às incertezas, vivi sob preponderância do talvez. Sim: homem de reiterações fogos-fátuos — questionamentos desaguando na dubiedade. Reconheço minha inaptidão para sustentar próprias convicções. Parvo, sim, sempre fui dificultoso na tarefa de decifrar enigmas. De qualquer jeito desconfio que verdade seja sombra de estranha palidez, feito certas almas do Aqueronte. Sei que tempo inteiro percorri tateante regiões entre lusco e fusco. Hoje me desvencilhei de vez da tentativa de empreender perigosas travessias em direção ao desconhecido.

*Alaúde, ataúde: som, silêncio.

*Numa das inúmeras versões mitológicas ficamos sabendo que inimizade entre Polinices e Etéocles, os filhos de Jocasta, era tanta que, condenados à fogueira, próprias chamas lutavam entre si. Seria apropriado dizer que eram inimigos até debaixo d'água?

*Caminho todas as manhãs, sempre tropeçando nas incertezas, no poder persuasivo das inquietudes, na sutileza do desencanto que chega sub-reptício para melancolizar solilóquio. Caminho todas as manhãs possivelmente para apagar involuntário pegadas de todas aquelas muitas-

-inúmeras (nossas perdas são intrínsecas ao nosso prolongamento) pessoas próximas queridas que se foram in perpetuum. Saudade propensa à reiterabilidade é extenuadora. Caminho todas as manhãs possivelmente para amoldar meu jeito taciturno, plasmar estiagem do rio, entalhar meus estremecimentos, desbastar rudeza delas, minhas perspectivas. Ou possivelmente para pisar distraído nos adjetivos encontrados pela frente.

*Partido ao meio, posso, mais do que ninguém, começar qualquer texto dizendo: *Eu, de minha parte...*

*Maioria delas, minhas palavras, borrifam flores mortas.

*Finalmente escrevi primeira carta para destinatário fictício daquele conto, cujo narrador escritor frustrado solteirão fica dia todo num banco de estação rodoviária de cidade do interior. Querida Mariah Antunes: como você está cansada de saber, escrevi dez livros — nunca foram publicados. Todos impregnados de assombros e desalentos perante o mistério do destino humano. Estilo conciso, densus et brevis à semelhança de Tucídides. Enfadonhos também. Sim: divirto-me jogando o próprio navio contra os escolhos. Maioria das vezes mantenho minha serenidade: não vou, só porque sou maljeitoso ao compor meu trabalho literário, imitar Jó, aquele que lamentava não ter se libertado logo da própria alma ao sair das entranhas de sua progenitora. Sei feito Dom Quixote que sem o mundo da ficção a vida não seria verdadeira. Oráculos modernos poderiam me garantir que, se eu não conseguir publicar meu primeiro livro este ano, estrelas sairão de suas órbitas e muito sangue gotejará das árvores e muito fogo jorrará das entranhas da terra. Sou contraditório: quero viver afastado do establishment cultural sem, no entanto, abrir mão das benesses de grupos de poder e influência. Mas o destino vai dar forma correta, corrigir esta ausência de nexos entre minhas ações. Não deixarei desânimo semear vapores de arsênico neles, meus próprios caminhos. Sigo em frente — escrevendo, sempre escrevendo: blindo-me de palavras; além de não abrir mão delas, minhas leituras desordenadas e febris. Minha vida é escrever romances — não sei vivê-los: nasci desajeitado para lides amorosas. Resultado: minha literatura é laboratório invisível que manipula o também invisível elixir da sobrevivência. Abraços saudosos do seu sempre seu Marcel Swann.

*Sempre me encontrava com eles, meus quatro, cinco extintos amigos, para distribuir, equânime, fatias dela, minha solidão desventrada. Todos eram muito interessantes — mas nenhum Savonarola para influenciar nenhum Botticelli nenhum Michelangelo.

*Velhice? Limiar da morte. Motivo pelo qual praticamos amiúde cultivo da interioridade. Possivelmente. Sei que nos livramos de vez das obscuridades: não é preciso (à semelhança dos antigos chineses) sacudir o pó de uma carapaça de tartaruga para adivinhar proximidade dela, parte final de nossa obra literária, cujo nome é existência.

*Povaréu todo caminha espavorido aqui nesta avenida possivelmente com medo dos tropeços alheios — ou dos passos em falso deles mesmos. Parece, em contrapartida, que ninguém se preocupa com o autodesengonço. Sim: todos andantes desconjuntados — passos-barcos desprovidos de ancoradouro. Pelo jeito, ausentes de fadiga também. Passos quase sempre reflexivos procurando talvez sentido abrangente do próprio ser — sim: passos ontológicos. Igualmente neblinosos: quase todos agora debaixo de névoa baixa e fechada. Inútil negar existência de passos despojados: conhecem seus caminhos como a palma da mão. Maioria deles é de (inútil negar) passos errantes vacilantes carentes de lemes e bússolas. Vontade de dizer abusando da imagem: passos-manancial de incertezas. Inútil também negar obtusidade dos caminhos que resultam na obliquidade dos passos — há muitas ruas sem saída perpendiculando esta avenida. Sinalizações são precárias, muitos passos empacam, não há seta alguma indicando para baixo numa esquina qualquer: ALHURES É AQUI. Curioso. Preocupado com os caminhares alheios, não percebi, mas parece que anoitece mais cedo nos meus passos, apesar de miúdos — móbil dela, minha obscuridade, talvez.

*Ando lendo Drummond amiúde para ver se aprendo a escrever melhor. Qual nada: texto meu levanta voo de jeito nenhum.

*Vítima constante das aliterações: hoje amanheci remoendo remorsos.

*Insipidez tirânica, inexorável, sim, dias insípidos, arregimentados pela angústia pelo enfado pela melancolia pelo desprazimento — ideólogos do desconsolo. Sim: sou refém das asperezas do fortuito do eventual que formam entre si ramificações lastimosas aniquilando ânimos. Aqui, neste quarto cheirando a mofo, até meus sonhos ficam mais truculentos. Injustiça: com inquilino nonagenário (feito eu) fica difícil saber quem realmente está cheirando a mofo. Sei que este odor bolorento acumula rancor. Quem sabe Deus arrebenta ex abrupto esta porta e me sequestra e me leva sabe-se o Próprio para onde? Assim que coloquei os pés porta afora percebi com muita nitidez: estou diante de manhã na qual desengano e desconsolo amalgamam-se sem o menor pudor.

*Você sabe onde fica Alhures, cidade na qual se fabricam esperanças de todos os naipes? Acho que já fui esperançoso — quase oitenta anos atrás, não me lembro.

*Vivo há noventa anos no limbo: em perpétua carência de Deus.

*Às vezes caminho me esgueirando pelas calçadas para nenhum conhecido me ver assim desenxabido, tomado por esse sentimento penoso de insegurança móbil do medo do ridículo. Sim: vergonha deles, meus próprios risos contrafeitos, de incontrolável subserviência. Tenho minhas inúmeras fraquezas e meus medos e minhas inseguranças e já desejei a mulher do próximo e já pensei em matar desafetos e já fracassei na cama e já perdi empregos vários e já menti e já subornei muita gente, mesmo que seja sutilmente, subornei. Vida toda aperfeiçoei embustes, limei, poli imposturas, retemperei patetices. O homem é guiado inclinado por ele mesmo à malvadeza — intentos sinistros vêm dele próprio. Nossa truculência é congênita. Temos todos nossa porção Aquiles — furioso aquele que amarrou cadáver de Heitor ao seu carro, arrastando-o durante doze dias. Por favor, afoita leitora, sem insistir: não estou mais disposto a me entregar à vertigem do amor. Curioso lembrar agora dele, Lucrécio de Marcel Schwob, que, bebendo do filtro, perdeu a razão e olvidou as palavras gregas do papiro e pela primeira vez, estando louco, conheceu o amor; e durante a noite, por ter sido envenenado, conheceu a morte.

*Aconteceu-me uma vez... Não, nunca me aconteceu nada.

*Anna Akhmátova: Algum desocupado inventou essa história de que há amor no mundo.

*Sempre que mergulho o olhar nele, meu passado, outro eu, agora revelhusco, reflexivo, sussurra: Indivíduo inimigo de si mesmo. Sou antigo: sensação de que copistas foram (depois de muitos anos amontoados uns nos outros) alterando arbitrariamente texto dela, minha vida. Sei que envelhecer é sentir in loco asperezas do tempo, sonolência dos próprios passos: até os cômodos da casa parecem ficar mais longínquos uns dos outros. Caminho assim mesmo apoiando-me no léxico.

*Nunca mais entrei numa igreja: medo de voltar à infância.

*Não gosto de dias assim, feito hoje, que amanhecem mal-intencionados.

*Serenidade... Vida toda me enraiveci muito facilmente, de maneira irrefletida — reverso da placidez. Vida toda vivendo sob império do destrambelho. Essa carência de autodomínio, essa falta de controle sobre mim mesmo sempre foi desprazerosa. Minha impulsividade é autônoma: não consigo impedir suas próprias normas de conduta: faz de sua independência sacerdócio. Desconfio que ambos, meus destrambelhos de matizes variados e eu, ficamos constrangidos, desajeitados diante da serenidade, motivo pelo qual possivelmente a repelimos — rejeição obscena, grotesca. É desprazeroso chegar aos noventa e descobrir, decepcionado, que ainda sou desconhecido de mim mesmo.

*Fui seguindo letra por letra palavra tabernáculo, mas, quando cheguei ao segundo A, parei, entrei, pedi copo de vinho, outro e outro e outro...

*Noite? Parece-me mais compatível com acasalamento delas, minhas palavras.

*Esperança há muito perdeu seus movimentos vitais; flutua — como diria Lucrécio — nas auras do ar. Desesperança trouxe-me introspecção, que trouxe solitude, que trouxe ressentimento. Declínio do entusiasmo aconteceu com perda definitiva dela (aquela que voltará jamais) — fui hipnotizado pelo desalento; perdi possibilidade da revivescência, sim, desgosto obstruiu restauração de forças. Agora? Indisponível para enternecimentos. Difícil traçar divisa entre luto e desengano: morte dela antes da minha foi despropósito daqueles. São negligências do acaso que sempre desembocam no infortúnio, nos impondo jugo do desconsolo. Sim: sem ela (aquela que voltará jamais) dias ficaram mais hostis. Agora? Sussurros só os do vento lá fora — neste quarto nunca mais; nenhuma possibilidade de retificar configuração dela, minha antiga história de amor; cotidiano, eu, ambos em desalinho um com o outro; não há nenhum poder microscópico para rastrear esperança. Ficou melancolia — terreno abandonado entregue ao matagal de angústias. Certeza, apenas uma: palavra é meu esconderijo.

*Amor quando perde vento da altivez bandeiras não tremulam mais.

*Desconfio que velhice é indisfarçável morbidez do destino, sim, suponho, não tenho tanta certeza: depois de velho minhas argumentações ficaram ainda menos convincentes — indícios muito claros da preponderância definitiva do titubeio. Velhice é despropósito; é catástrofe estilística; é caducidade fazendo de si mesma seus próprios escombros. Desconfio, não tenho tanta certeza. Sei que velhice é doença da qual não podemos convalescer.

*Sucesso às vezes flertava comigo — mudava de calçada.

*Lá fora nublado, dia feio, mas o que me preocupa é o enevoamento interno — sim: minha própria turvação.

*Ando, caminho me escorando no indefinido. Olho placas indicativas, viro esquinas convencido pela sonoridade de seus respectivos nomes.

Lorena: há som, cor, significado nesta palavra. Faz jus ao codinome alameda: exala perfume, é arbórea, promete folhas, flores. Mas não contava com esta surpreendência: Lorena desemboca na saudade —alameda-ponte me levando para outra margem cujo nome é lembrança. Rua cujas luzes resplandecem meu passado. Já amei, fui amado naquela casa ali do outro lado. Sim: azul-cobalto; antes, verde-musgo. Hoje, loja sofisticada de roupas; antes, nelas, nossas longas noites idílicas, desnecessidade de tudo isso.

*Mudei meu jeito de escrever: antes me preocupava com vida da palavra; agora, com morte do homem. Acho que na literatura deve-se desdenhar solene o Non Plus Ultra, ou, em bom português, o Não Vá Além Daqui.

*Será que morte chega matando zás-trás simultânea nossos dois Eus? O verdadeiro e o falso?

*Agora, aqui, neste quarto, no qual vivo absolutamente só, fechado em mim mesmo, desconfio de que não há vestígios de existência, mas, pelo burburinho lá fora, parece que ainda existe aquilo que chamamos vida. Não me preparei para solidão desta similitude; sim: de tão irremediável penumbra — traz consigo odor do desalento. Solidão asfixiante deste naipe é móbil da insensatez das deusas do destino. Bolor que vejo agora ali no canto do teto me faz supor que próprio quarto (no qual vivo absolutamente só) também está se degenerescendo de tanta solidão.

*Eu? Escrevo como quem, de cócoras, recolhe cacos de si mesmo.

*Saudade dela (aquela que voltará jamais) fomenta desconsolo, perpetra desalento, fustiga, abre passagem para todos os possíveis entraves impostos ao entusiasmo — sim: saudade dela traz dias ressequidos pela desesperança.

Desolação prevalece. Aridez amorosa toma conta das noites cujos sonos rechaçam tudo, inclusive sonhos idílicos. Desfavorecimento atuando de moto-próprio. Sei que fios da melancolia vão entretecendo-se para formar este tecido amarfanhado denominado velhice. Sei que saudade chega abrupta para vivificar desterro. Ela me deixou num átimo, abruptamente, morreu sem deixar bilhete, carta, nada — deu tempo nem mesmo para ligar antes para anestesista. Pena. Suor da mão dela na minha mão era meu antibiótico debelando aquela moléstia muitas vezes infecciosa cujo nome é solidão. Às vezes (feito agora) torço para que Moiras cheguem logo, incontinente.

*Morte é zás-trás — desagradáveis são seus apetrechos.

*Agora, aqui, nesta esquina, pondo-me de emboscada para surpreender quem sabe (?) o inesperado. Sempre faço isso quando dia amanhece abstrato, de difícil compreensão. Sei que há muita obscuridade neste amanhecer, que além de desnecessário é inútil mostrar-me inquieto, desanimar diante do imperceptível, diante deste dia de indisfarçável embaçamento, de intrincada nomenclatura. Sei que estou numa esquina cujo trânsito já amanhece desarticulado, mas isto ainda não é inesperado. Carros, seus respectivos condutores, não se apiedam daqueles que se põem de emboscada numa esquina imprevisível — mesmo tratando-se de flaneur solitário feito eu, afeito às digressões insólitas. Sei que dia amanheceu nublado suscitando conjecturas apocalípticas. Acho que tudo isso é pretexto para rascunhar frases desconexas objetivando driblar tédio matinal que se aproxima a trote rasgado. Talvez. Sei que é possível sobrepujar inesperado, tecendo textos previsíveis.

*Ao fim da vida, aquele maestro concluiu resignado que suas perdas foram sinfônicas; seus ganhos, camerísticos.

*Minhas bancarrotas vida afora foram inúmeras. Ao contrário dele, Memnon voltairiano, perdi tudo sem nunca ter tomado decisão idiota de ser perfeitamente sábio. Sei que deusas da derrocada in totum são determinadas quando alvo de suas malvadezas sou eu. Sim: mantêm sua índole habitual — sensação de que vislumbram tempo todo rastros deles, meus passos: não cansam de transformar minhas perspectivas promissoras em serralho; suas malvadezas erguem-se em turbilhões feito areia no deserto. Mas todas as minhas perdas, juntas, foram eclipsadas pela perda dela (aquela que voltará jamais): sua morte jogou-me para sempre numa outra vida, agora subterrânea, asfixiante, numa noturnidade infinita. Sempre estimulamos o riso entre nós, afugentando monotonia — nosso amor era antítese do bocejo.

*Palavra é minha santa padroeira: via de acesso ao sublime. Palavra... Eixo vocabular que me faz girar todo instante à sua volta. Literatura? Só gosto quando palavra resplandece na página.

*Meus dias quase sempre fabricam atordoamentos numa sem-cerimônia excitante ao desespero.

*Depois dos noventa pertencemos ao declínio vertiginoso. Tornar-se rabujo, eis nossa última possibilidade de vida. Sim: também fui solapado pela inquietude absoluta: sinto que vou perdendo aos poucos domínio de mim mesmo; nítido meu embaraço diante da própria velhice — quadra da vida na qual cordas vão perdendo a passos largos sua vibração, som fica oco, de indisfarçável inexpressividade sonora; tempo em que obstinações são arrefecidas — irreversível estreiteza deles, nossos caminhos. Jeito é forjar vez em quando suposição fundada em probabilidade, qual seja, encontrar numa avenida Cagliostro qualquer que nos ofereça a preços diminutos, lançando mão de hocus pocus desconhecido, elixir capaz de vivificar nossa pretérita plenitude da juventude. Fantasmagoria anciã. Perde-se tudo na velhice, inclusive bom senso. Sim: custa nada tentar driblar ceticismo extremado móbil da aproximação dele, nosso próprio epílogo.

*Anoiteceu rápido: não parece que nasci há noventa anos — só percebi agora que perdi de vez alvoroço.

*Quando não tenho o que fazer invento metáforas. Exemplo? Bom conselho é aquele que cadencia passos diminuindo seus tropeços.

*Escrevi segunda carta para destinatário fictício daquele conto, cujo narrador escritor frustrado solteirão fica dia todo num banco de estação rodoviária de cidade do interior. Querida Yasmin Pinheiro: Boné cinza para manter em segredo calvície, bolsa de couro a tiracolo, carregando sempre às escâncaras dois três livros cujas excepcionalidades seriam jamais questionadas por Borges sequer Carpeaux. Eis meu perfil traçado com rigor minimalístico. Quem vida toda se afeiçoa às intempéries adquire espontâneo hábito de ditar as próprias profecias apocalípticas. Os anos, apesar de muitos, cinquenta, não me trouxeram sabedoria suficiente para abandonar de vez a esperança: possivelmente publicarei meu primeiro livro ainda este ano. De qualquer maneira custa nada advertir senhores editores de plantão: aquele que estrangulou os sete maridos de Sara me deve alguns favores. Sim: Asmodeu. Inegável: vez em quando sonho com monstros repulsivos crocitando em meus ouvidos: *Never more, never more.* Seres disformes mal-informados: impossível proclamar um nunca mais a quem nunca nada aconteceu. Até meus pesadelos são discrepantes. Farsante, vida toda fui farsante: mesmo não editando jeito nenhum meu primeiro livro não vou desvairado, enraivecido, incitar jamais outra Noite de São Bartolomeu. Apesar de tudo não vou transformar esta minha pequena interiorana cidade num tenebroso junho parisiense de 1848. Insurrecto, quebrarei sim, com meu estilingue, sem ignorar a *voz do ódio*, duas, três vidraças — se tanto. Para as vítimas não foi previsto nenhum lugar na história, dizem os historiadores. Desconfio que não há indulgência que abrevie esse meu tempo de purgatório. Abraços saudosos do seu sempre seu Rosa Riobaldo.

*Ouço barulho de sirene se aproximando — carro da polícia? Da funerária? Matei? Morri?

*Meus amigos? Eram minha bibliografia cotidiana. Amizade? Portal para comiserações mútuas; lugar no qual não se desobedece lei da fraternidade; onde é possível rimar imposição com proposição; onde um ajuda outro a melhorar próprio argumento; onde não se deixa verdade ser sobrepujada por desordenadas fantasias; onde um é alvo espontâneo da diatribe do outro; onde não se enterra irmão sozinho à semelhança de Antígona; onde não se lança mão de frases enigmáticas, obscuras, para um engranzular o outro; onde não há espaço para uníloquo, exprimindo vontade de um só; onde é possível se blindar sempre do ennui, intenso estado de tédio; onde podemos dispensar sem constrangimento nossas dramatis personae; onde é possível atingir estágio mais alto daquilo que Aristóteles chamava de eudaimonia; onde é, enfim, quase sempre possível esconder nossa tristeza atrás de pilhérias. Era rico: meu cofre estava abarrotado de amigos. Nenhum, claro, seria pedir demais, modelo exemplar à semelhança do Doutor Sonne, aquele de que nos falou de maneira comovedora Elias Canetti — menos ainda Cansinos-Asséns, mestre de Jorge Luis Borges.

*É preciso luz própria para entrar nos subterrâneos de nós mesmos?

*Desprendimento... Desapego material... Conservar sempre dentro do possível o-querer--pouco sem lançar mão do desleixo ou da apatia ou do parasitismo ou da tese Heidegger-adolescente do ser-nem-aí. Sem também se sentir dissidente, desterrado. Falo de coisa que resvala no bom e velho e às vezes sábio estoicismo. Quem leu Sêneca vai me entender melhor. Sim: onde há alturas, há abismos. Sim: imóvel, sem negar movimento, diriam alhures. Melhor ficar quietinho aqui nesta edícula lendo meu Schulz, ouvindo minha Billie. Sim: vivo razoavelmente bem comigo e minha rabugice: desnecessito de advogado e psicanalista.

*Implicâncias e resmungos amiúde embaraçando eventuais interlocutores — são algumas das prerrogativas da velhice; ganha-se aquela espontaneidade primitiva dos tempos infantes; tornamo-nos artífices da sem-cerimônia; não aceitamos pactos tratados, capitulações; alvedrio é nosso elemento. Hoje vivo cada vez mais desafeiçoado às pertinências; desenvolvi afeição pelo irritadiço, pouco preocupado em embrenhar-me no confortável terreno das mesurices e solicitudes. Descompostura é meu esconderijo — há nisso tudo certo empobrecimento poético: rabugice desfalece encantamento. Nietzsche diria que hoje sou héctico do espírito. Sei que solidão me trouxe entre aspas caduquice providencial; minha degenerescência da razão ajuda-me a suportar desolamento absoluto. Sei que nos últimos tempos minha possibilidade de convívio humano vai dissipando-se em fortuitos cumprimentos a distância — resíduo diplomático agindo por si próprio, rarefeito, mas ainda resistindo aos efeitos da ranzinzice.

*Tenho consciência dela, minha impossibilidade de conhecer em detalhes labirinto confuso da alma humana — além de reconhecer que jamais comunicarei com habitantes de outras esferas ou mundos invisíveis à semelhança de Madame Blavatsky. Não me iludo com revoluções: os que mandam guilhotinar, mais cedo, mais tarde são também guilhotinados — vide Robespierre.

*Cometi muitas injúrias, mas não vou me desculpar: aos noventa, retratação cheira a hipocrisia, medo — muito medo das tais chamas infernais. Sim: é preciso domar fúria milenar da culpa cristã. Seja como for, mesmo nonagenário, nada me impede, de vez em quando, de olhar-me no espelho para dizer num som impreciso, suave: Você não é flor que se cheire.

*Velhice chegou de vez: libertei-me dos frenesis. Envelhecer é também dar adeus às jactâncias; é abrir mão do nitimur in vetitum, do lançamo-nos ao proibido de que nos falou Ovídio. Agora? Bater-se inútil em duelo com o imponderável — sim: vivendo apenas por instinto. Preciso praticar resignação: envelhecer é estilhaçar perspectivas: desconsolo triunfa sobre entusiasmo. Jeito é pôr em desalinho, engruvinhar fragmentos para esquivar-me da ausência de variedade nele, meu insípido cotidiano; para driblar esta solidão que fica fora dos domínios da sensatez. Não deixo margem para ambiguidades: em quase todos os trechos desta obra explicito meu parentesco com ela, autocomiseração. Todas as lamúrias são feias, desarmoniosas, mas depois dos noventa abri mão de quase todos os prazeres, inclusive estéticos — Dioniso às avessas, adeus às incandescências. Sim: cada vez mais enredando-me em meus próprios desinteresses, enrodilhado no descaso que se enfatizou em definitivo. Resta-me leitura: etimologicamente as palavras saber-sabor caminham parelhas. Sim: também escrevo vez em quando para desbastar o tédio.

*Condescendência... Gostaria de ser condescendente com o futuro, com meu futuro. Não é todo dia que facilito próprio amanhecer — nem sempre sigo à risca prescrição dele, meu cardiologista. Afeito às estratégias da displicência, sou sim. Deveria cultivar flores enquanto morte não chegue talvez abrupta.

*Acho que até tristeza poderia chegar vez em quando com um pouco de alegoria: trazendo consigo quem sabe algumas lágrimas coloridas.

*Não sei se agora, aos noventa, conseguirei chegar a tempo até você. Atalho! Atalho! Meu reino por um atalho.

*Todo mês vou buscar remédios num hospital do coração — senha. Ontem recebi a de número 932. Tempo suficiente para ler boa parte da *Al Sifá*, obra enciclopédica aviceniana de dezoito volumes. Há quinze anos meu organismo absorve diariamente mais de uma dezena de comprimidos cujos nomes exóticos merecem dicionarização: Captopril, Digoxina, Monocordil — palavras sinônimas do verbo sobreviver. Desagradável caminhar aos sobressaltos diante dessas avezadas nuvens tempestuosas.

*Dia parece que amanheceu enigmático... Ah, precipitei-me: distraído, não havia percebido que depois de banho quente espelho fica inevitavelmente embaçado.

*Outro dia entrei numa vila de casas antigas, cujas ruazinhas e becos muito limpos merecem epíteto de meandros caprichosos.

*Com o tempo fui acepilhando meus Ressentimentos até ficar no formato quase exato da Indiferença. Mas, quando consigo me distanciar de mim mesmo, ainda consigo vislumbrar um quase nada, um isto de rancor: são farpas ainda não recolhidas desta madeira que mais parece osso — duro de roer.

*Enquanto Valquírias não decidem voar levando minha alma para o Paraíso forjo novas estratégias para combater obuses ininterruptos do tédio. Sei que ando, caminho para impedir que essa sub-reptícia tecedora de desalentos cujo nome é melancolia chegue ex abrupto, intempestiva, impertinente. Sei que ando sempre aos emboléus — meus passos driblam insipidez dos próprios dias.

*Décadas atrás escrevi miniconto em que coelho se recusa a sair da cartola do mágico: cenouras cada vez mais rareadas no circo.

*Velhice? Temporário adoecimento — fatal. Analogia para decrepitude? Edifício em chamas sem saída de emergência. Sei que horas vão se espedaçando numa vagareza torturante; que há muita aspereza nesses desfechos todos. Jeito? Encasular-me nas palavras — estas que sempre radiografaram minhas inquietudes e minhas dores e minhas angústias; que sempre se predispuseram vasculhar meus inquietantes recônditos; que desenvolveram arte de entalhar minha melancolia e todo seu entourage, que sabem rastrear regiões escuras pantanosas de mim mesmo. Sei que sou (sempre fui) homem irresoluto· não nasci para ser um dos heróis de Plutarco. Sim: tempo todo fiquei atrelado às próprias vulnerabilidades. Hoje? Estranhamento nenhum: periclitâncias são prerrogativas da velhice.

*Kafka: No ano passado só estive acordado pouco mais de cinco minutos.

*Não escrevo tão bem quanto Flaubert, ou Proust, mas gostaria que compreendessem meu esforço: modo geral começo querendo construir catedral, infelizmente já nas últimas dez páginas percebo que construí igrejinha tímida, acanhada, interiorana, sino minúsculo, pouca repercussão sonora, rachaduras preocupantes no teto, pároco decrépito, desmemoriado — já não sabe se é Xavier ou de Assis aquele Francisco do qual falou agora há pouco na missa das oito...

*Dias? Encovados — semelhantes ao meu próprio rosto. Monotonia do cotidiano é nódoa irremovível. Marasmo? Insaciável seu apetite — sim: suscita apatia, descompromisso. Sensação de que a partir de agora serei (mais do que nunca) refém das vozes persuasivas dos verdugos do acaso. Desconfio que não tenho mesma função cromática do camaleão para me adaptar a essas solitudes todas. Desconfio também que casal ali na mesa ao lado conversa aos cochichos para não humilhar, não zombar dela, minha solidão. Eles ignoram que agora estou imune às feitiçarias idílicas. Sei que vivo dias espasmódicos — encovados também. Não, nada-ninguém exerce poder sobre mim — além do desalento.

*Sempre me achei muito desinteressante, caso contrário não viveria tempo todo admirando aqueles que conseguem se entreter consigo mesmos.

*Dai-me melancolia e eu construirei um livro.

*Morte dela (aquela que voltará jamais) esvaziou tudo ao meu redor — dentro de mim também. Agora, vivendo numa alternância entre despedaçamentos da solidão e desconsolo incondicional, replenado.

*Escrevi terceira carta para destinatário fictício daquele conto, cujo narrador escritor frustrado solteirão fica dia todo num banco de estação rodoviária de cidade do interior. Querida Luísa Ortega: Desconfio, pelas insistentes recusas, que editores consideram minha escrita de inspiração sobrenatural; que psicografo escritores abstrusos de todas as eras passadas, todos intrincados, confusos, sem método, sem ordem, inconsequentes; que me transformei num escritor que navega por estimativas, sem bússola — sonâmbulo caminhando para o abismo. Ledo engano. Esperança é ela própria o sentido da vida:

ainda acredito na possibilidade de ser editado, apesar de não encontrar explicações teológicas ou metafísicas ou matemáticas para tanto descaso editorial. Mas não sou, nunca fui cooptado pelo desalento: escrevo — mesmo vivendo tempo todo num dos nove círculos concêntricos do inferno. Palavras possivelmente purificarão meus pecados. Espero não perder a qualquer momento a capacidade de escrever sentenças conexas, com significado. Vivo submerso na literatura, os vocábulos são meus periscópios, minhas boias luminosas e flutuantes. Não vou me deixar vencer por literatismos que desabrocham e fenecem numa transitoriedade axiomática. Não vou, menos ainda, tomar atitudes coercitivas: não lançarei mão de panfletos e pasquins anônimos para reivindicar minha condição de escritor de indiscutível talento. A despeito de tudo, perderei jamais a ataraxia, sim, a serenidade. Abraços saudosos do seu sempre seu Leon Ilitch.

*Eu? Esgueirando-me quase sempre pelas sinuosidades da incerteza.

*Velhice é malcheirosa — novidade nenhuma: eu mesmo vida toda nunca fui flor que se cheirasse. Sei que aos noventa amanheço precavido, mesmo sabendo que adianta nada trancar, calafetar portas, janelas: morte, prestidigitadora, atravessa tudo, inclusive paredes.

*Raramente me afasto de mim mesmo: quero ficar apenas com desconfiança de que sou rudimentar, contraditório. Medo de escorregar e cair? Jeito nenhum: raramente estou de pé. Sim: já me acostumei com angústia e sua prole — toda ela melancólica. Sei da inutilidade de açoitar ventos. Patifaria institucionalizada? Já me acostumei. Mas nada me impede de acalentar própria frustração — sou inútil demais: nunca tentaram me comprar. Sei que quase tudo em mim se manifesta tímido — até meus passos. Eu? Vulto de mim mesmo;

tempo todo preso nas malhas da inquietude; protelando despropósito — sim: corda sobre o abismo, diria aquele filósofo humano, demasiado humano. Tudo, inclusive minhas inquietudes, está ficando bolorento, sinto-me refém do sem-sentido. Jeito é contemplar imponderável; apaziguar desventura soterrando inconformismo, reconciliando-me com a resignação — sim: domesticando-me com dose substancial de pusilanimidade. Nostálgico, sempre acho que o mundo já foi muito melhor: povo seguia Empédocles em multidão e se prosternava diante dele para escutar seus versos cantando o amor que, qual vasta esfera, tudo contém. Não posso me queixar: tive amigos, todos muito cultos. Eu, Deus e Leibniz sempre escolhemos o melhor dentre o possível. Seja como for, ainda não me acostumei com esquisitices dele, meu destino. Tagarelices dos proprietários da verdade, estas sim, incomodam mais aos meus ouvidos do que altivas, objetivas britadeiras no asfalto.

*Semana inteira de manhãs hostis: noites mal-dormidas. Sei que vida não é (convenhamos) aquele rio doce de leite e pérolas líquidas cujo nome é Ololon.

*Cada vez mais difícil arregimentar mediadores entre mim e meu próprio desconsolo — com prudência, sem fomentar sedições, revoltas, conjurações.

*Nem eu mesmo ouço mais meus balbucios. Sei que quando desço no abismo de mim mesmo, aí sim, sou atordoado pelo eco desta plangente palavra: Socorro. O que penso a meu respeito? Desconfiança prepondera. Sei que muitas vezes me sinto éter que saiu daquele vidro há muito tempo destampado. Não sei o que é mais temerário: andar pelas ruas estreitas e curtas desta metrópole apressurada, ou vaguear pelos becos sinuosos de mim mesmo: não são apenas as pequenas ruas por onde ando, há nelas mi-nhas perspectivas muitas estreitezas também.

Eu? Mais dia, menos dia, sempre vencido pelo desdém do acaso. Pelo menos uma coisa me consola: meu desconsolo não atrapalha absolutamente em nada os meios e necessidades da preservação da espécie. Sei que não aguardo vinda do Messias: uma frase interessante chegando agora já seria feito e tanto. Tenho sim algumas qualidades: meu microscópio está quem sabe (?) precisando de alguns reparos. Resumo: nonagenário, prazer ainda nenhum. Também me contentaria com o mínimo de prazer, mas Clube dos Estoicos ainda insiste em não me aceitar como sócio. Não há hocus pocus que dê jeito neles, meus embaraços — sou ser atulhado de constrangimentos. Ultimamente, desde que comprei este chapéu, nada deu certo: acho que sua aba está ensombrando meu horizonte.

*Você pode me ofender ad nauseam — desde que nelas, suas ofensas, existam as mesmas encantadoras obscuridades heraclitianas.

*As más companhias consigo evitar — impossível é me safar desta companhia aparentemente boa que sou eu mesmo.

*Monoteísmo? Monocromático.

*Desacostumei-me às pessoas feito ele, Raskolnikov — prepondera arredio absoluto, possivelmente móbil do ocaso, ou acaso, se me permitem jogar com as palavras numa situação desoladora deste naipe. Sei que na velhice temos direito de lançar mão dele, nosso anel de Giges — praticar invisibilidades senis, se assim posso dizer. Às vezes torna-se amedrontador este autodesamparo, esta autopenitência ateísta — limbo inexorável forçado pelo cansaço de viver.

*Melancolia? Fazedora pertinaz de impossibilidades; incita banzo, que provoca azedume na alma; atrofia arrebatamento; desarmoniza dias exalando perfume fúnebre — foi ela quem

inventou aniquilamento, dizer não à vida.
Melancolia? Aliciadora do desconsolo, matriz
das horas toscas. Sim, melancolia, é assim que
denomino poeticamente minha depressão.

*Vivi aos trancos e barrancos — espero que pelo
menos ela, a Morte, me surpreenda com simples
singelo peteleco.

*Destreza... Faltou-me destreza para acolhimento
amoroso: malogrei. Desconfio que desamor é sol
às avessas; é deixar encantamento despencar-se
no precipício da metafísica, se assim posso dizer. Amada (aquela que voltará jamais) foi amor
bissexto: nos esbarramos numa providencial
esquina quando eu ainda era septuagenário —
morreu nos meus braços quase um ano depois.
Às vezes desconfio que ela foi metáfora amorosa
criada por mim mesmo. Difícil, constrangedor,
temeroso demais ser advocatus dei de si mesmo.

*Rancor? Laisser aller — deixe ir.

*Percebo no ar, premonitório, certa incompatibilidade entre mim e dias vindouros. Não sei se ainda é tempo de desaprender desesperança que se dissimula em todos os meus escaninhos. Consolo: olhando para transeuntes que passam por mim aqui nesta avenida, percebo que também são remanescentes de todos aqueles que contavam com a probabilidade de êxito. Às vezes, no auge da rabugice, concluo que viver é empreitada fútil. Não é por obra do acaso que inquietudes espocam amiúde aqui, acolá. Vivo carecendo dos gestos filantrópicos da resignação. Reconheço meu desleixo: desarvoramento é congênito em mim. Viver? Tropeçar tempo todo em hieróglifos — vivo enxovalhado pelas ambiguidades e suas operações alquímicas. Mesmo aos noventa anos de existência, ainda não aprendi a me desprender do mundo objetivo: niilismo predomina — substancioso. Inveja danada daqueles que se elevam à contemplação intelectual das ideias, alcançando-a numa espécie de êxtase que não dura mais que um piscar de olhos. Étienne Gilson disse que Platão e Plotino alcançaram.

*Posso jeito nenhum deixar minhas palavras se fazerem sinuosas feito ruas por onde ando.

*Sozinho no mundo, não terei ninguém para colocar óbolo na minha boca. Jeito é contar com generosidade dele, Caronte.

*Descontentamento... Parece que vou ficando cada vez mais distante de mim mesmo — sou minha própria turvez; também quem sabe (?) minha própria geringonça. Inegável: fico descontente com este perceptível declínio dela, minha existência. Velhez se corroendo célere pelos rancores também rugosos. Sinto-me des-locado aqui — por favor, me apresentem logo funcionário do consulado de Pasárgada que possivelmente poderá interceder por mim: não tenho talento feito ele, Jozu, aquele hilstiano que fica tempo quase todo no fundo de um poço seco ensinando novas piruetas para seu rato acrobata — sou parco de imaginação.

*Eu? Escritor amalgamado: minha melancolia, minha literatura mestiçaram-se — motivo pelo qual tenho prerrogativa do desconsolo.

*Dizem que Freud, tentando salvar colega morfinômano, lhe receitou injeções de cocaína. Resultado: amigo morreu de overdose. Depois de trauma dessa similitude nosso querido vienense teria mesmo apenas estas alternativas: entrar numa Igreja antiga para nunca mais sair, ou construir Igreja própria para nela ficar para sempre.

*Tudo que é ruim para vida é bom para a literatura.

*Agora, aqui, nesta mesa de confeitaria, deixando-me distrair, pensando, entre gole e outro de café, nela, minha infância. Lembrei-me de repente quando tia jovem, quase um ano antes de ser internada, mas já debatendo-se nas trevas da demência, me perguntou de chofre se eu tinha premonição. Diante de minha perplexidade, adiantou-se: *Eu não tenho mais: meu pai tomou minha premonição e deu para ela, a Totonha, você sabe, minha irmã mais velha, sim, sua tia também.*

*Nunca caminho pelas avenidas desta metrópole apressurada procurando sintomas ou indícios ou signos para detectar malvadezas das deusas da derrocada in totum — inútil procurar entender pathos dessa obsessiva perseguição: vivem dilapidando esperança feito eles, pretendentes que dilapidaram casa de Penélope; sempre tramando desatinos contra mim — sofro reveses a mancheias; sei que são metódicas, meticulosas, neles, seus empreendimentos nefastos; vivem intoxicadas pelo veneno da malvadez. Redundante falar da malvadeza dessas entidades nefastas, mas, convenhamos, é inegável nosso relacionamento tautológico. Às vezes caminho para perpetuar abstraimento; ou para trapacear monotonia; ou para frustrar lassitude; ou para esquecer que vivo a três centímetros do desvario absoluto — meus passos protelam delírio. Sei que caminho trauteando melodias desconjuntadas — feito meus passos. Sei também que é difícil, impossível, me esconder apagando próprios rastros: elas, deusas das desmesuras, têm entrepostos em todas as esquinas do mundo; insuportável suas reincidências — grandes arrombadoras de portas abertas tal qual mágico Esquiros, aquele do conto de Gautier. Seja como for gosto de caminhar comigo e meu solipsismo gótico. Sei que caminho resignante também para esbarrar a qualquer momento numa esquina indeterminada com uma delas, Parcas — não gostaria que essa fiandeira do destino me surpreendesse em casa, naquele quarto parco bolorento claustro-confirmação dele, meu malogro. Sei também que Afrodite e Eros não acolhem meus lamentos.

*Entre nós? Era ela (aquela que voltará jamais) que desfazia obstáculos, desdobrava suas forças para engranzular tédio conjugal. Eu? Tempo quase todo imerso em ilusões ficcionais, resvalando às tontas no cotidiano. Ela, ao contrário, hostil às abstrações. Sua substância? Pragmatismo. Contraditório, talvez, mas pragmatismo e lirismo eram sua parelha; sofria com mais veemência minhas próprias adversidades — as adversidades e seus aparatos imponentes; entendia mais do que ninguém hieróglifos do meu desconsolo; afago qualquer dela aquietava inquietudes, desvarios; ignorava minhas incongruências em benefício do nosso amor; generosa, pintava com tinta lúdica pórtico de minha senilidade.

*Adianta nada querer desventrar solidão: melhor deixá-la aqui comigo também encostada de cócoras no canto da parede deste quarto. Diferença entre nós dois? Estou mais trêmulo. Desconsolo torpe. Sim, ela, solidão, não treme: blinda-se deles, próprios torpores de existência inteira — solidão entorpecida pelo taedium vitae. Eu? Mantenho-me acocorado recolhido aqui no canto do quarto cuja parede reflete com certa nitidez silhueta dele, meu desterro. Delírio? Minha solidão impossibilita perguntas de natureza mística. Solitude quando é grande demais possivelmente provoca sombras metafóricas — além de orgia metafísica entre vazio e tédio e impalpável e desconsolo e ausência.

*Minhas palavras não chegam para extinguir obstáculos — possivelmente para criá-los. Quando percebo que elas empacam aqui na página, passo álcool e cânfora nelas: maioria das vezes adianta nada — feito agora.

*Agora, aqui, velho, enfarado de quase tudo, inclusive dos próprios solipsismos. Ando cansado de aparar palavras espinhosas, sim, farpas, mordacidades contundentes que desfiro contra mim mesmo. Autocríticas estéreis: surdis auribus canere — cantar para ouvidos surdos. Sei que depois de velho vivo afeito aos despencamentos autocomiserativos. Eu? Agora? Acumulador de sentimento de compaixão por mim mesmo. Velhice? Minha velhice? Suscita langorosidade.

*Acho que me tornei anárquico inofensivo — até meu indiferentismo tornou-se indiferente para os outros.

*Morte? Desnecessita de metáforas e alegorias.

*Sem ela me sinto toupeira capenga impossibilitado de abrir caminho debaixo da terra para receber luz do sol; acanhado diante da vida; sonâmbulo caminhando para abismo. Ao lado dela (aquela que voltará jamais) conseguia suprimir desesperança: seu otimismo nunca foi moeda de quilate duvidoso. Juntos, cultivávamos o *sense of fun* — gosto pela brincadeira à semelhança dos adeptos do Bloomsbury. Ao seu lado me sentia menos inseguro: suor de sua mão tinha poder balsâmico de aplacar minhas inseguranças coronarianas. Ausência dela entorpece possibilidade do contentamento. Perdão: quando falo de amor luto a duras penas para que meu texto seja desprovido de maneirismos — nunca consigo.

*Existiria algo mais estoico do que carta-suicida com pós-escrito?

*É prodigioso, tudo muito prodigioso — até minha vida, que não é, convenhamos, grande coisa, é prodigiosa.

*Desistindo de vez de continuar aquele conto, cujo narrador frustrado escreve cartas para destinatários fictícios, acordei com vontade de rabiscar projeto de novo livro de ficção. Título provisório: *Romance léxico que Freud não escreveu*. Acho que vai começar assim: Quando algemei poeta revelhusco aquele, corpo todo dele tremelicava que só vendo; estava deitado no sofá rompendo em soluços; dizia ad nauseam alto-bom som: flagelação fustigação mereço ser levado ao cadafalso matei cortei teia da vida dela deusa-jambo. Tempo todo nela viatura mesmo estribilho matei cortei teia da vida dela deusa-jambo. Vez em quando cantos plangentes brados lamentosos escandindo seus pecados; rosto macilento prorrompendo em choro. Sujeito ao cometer transgressão está procurando satisfação masoquista a ser obtida através de punição. Sim: comentário dele, psicanalista vienense, aquele acostumado a adivinhar coisas secretas ocultas a partir de aspectos menosprezados, inobservados. Assassinos todos iguais encarados de qualquer prisma; coincidem em toda a extensão; descendo a particularidade, cito sem errar conceito remorso; inquietação infindável da consciência; talvez seja esta única desafronta da vítima. Sim: viveza de imaginação tinham os gregos que criaram os deuses para escaparem incólumes dele, sentimento de culpa. Olhar do poeta revelhusco, aquele às vezes parecia transcender limites; noutros momentos alheados; frases quase sempre desorientadas: avanços recuos tibieza de ânimo. Dito marcante nunca mais saiu dela, minha cachimônia: *logo logo, minha amada, você-eu juntos no terceiro ciclo dos eleitos.* Entendi: poeta revelhusco prestando tributo rendendo preito àquele ilustre florentino. Sei dizer que se confessava culpado tempo todo pedindo misericórdia perdão. Questão fatídica para ele, mestre austríaco aquele, é saber até que ponto nosso desenvolvimento cultural conseguirá dominar a perturbação de nossa vida comunal causada pelo instinto humano de agressão e autodestruição; sentimento de culpa quando grande demais exige de si mesmo sacrifício expiatório; mas ferida cicatriza nunca; próprio culpado se indulgencia jamais;

sentimento de culpa exige punição. Quem mata a amada morre. Sim: eterno zumbi; dias meses anos trevosos — será seu próprio inimigo ad aeternum.

*Curioso lembrar agora daquele isqueiro prateado dela, minha juventude, possivelmente esquecido num criado-mudo compondo decoração kitsch de inesquecível e longínquo bordel do interior cujo lusco-fusco de abajur lilás inspiraria intermináveis letras de tango.

*Inútil insistir: palavras amanheceram ainda tentando recobrar aos poucos vigor — convalescentes.

*Depois de velho, mais rabugento do que nunca, não vou conseguir aprender arte de preservar afetos. Meus defeitos esfervilham aos centos. Seja como for, não vivo reivindicando paternidade dela, versão melhorada da patetice humana — sei apenas que somos todos irmãos siameses da estultice. Todos capazes de atitudes de extrema mesquinharia. Levasse seriamente nossa própria pequenez, viveríamos às escondidas disfarçando nosso constante ruborescimento.

*Modo geral, quando quero me mostrar exageradamente incisivo nelas, minhas afirmativas, é porque tenho dúvidas.

*Dias desoladores: desconfio que depois da morte dela (aquela que voltará jamais) as horas me rejeitam. Sinto-me em desarmonia com o tempo, ou melhor, com a temporalidade — sou planta exótica neste jardim cujo nome é cotidiano. Agora? Dias desoladores desconfortantes empilhando-se uns sobre os outros. Dias inebriados pelo arbítrio — não prescindem do noli me tangere — do não me toques, sim, esquivando-se do entusiasmo. Dias vazios de significação. Trégua? Neste exato instante, quando palavras escorrem assim, feito areia em ampulheta.

*Velhice? Quando começamos perceber que nosso amanhã é pressuposto falso. Sei que agora tempo tripudia inclusive sobre meus passos cada vez mais titubeantes — tudo vai se desvanecendo; sensação de que vivo alheio à própria vida.

*Eu? Escondo-me atrás dos vocábulos: desconsolo é pedra de toque, profissão de fé dela, minha literatura. Mas, diacho, sempre que vejo criança abandonada dormindo na rua fico constrangido esquivoso comigo mesmo pensando ato contínuo na superfluidade das sutilezas e do caráter quase sempre ambíguo deles, meus textos ficcionais. Em vez de escritor autônomo, autômato — sou sim. Modéstia à parte vivo sempre insatisfeito comigo mesmo. Sim: vida toda num breu daqueles — luzinha de vaga-lume qualquer já me ajudaria tatear lado obscuro das coisas. Sim: escrevo para domesticar quietude. Tomara minhas lágrimas deságuem no rio Letes.

*Ao perceber que estava sendo seguido pelas ambiguidades, virei primeira esquina, entrando ato contínuo numa rua — sem saída. Não, não era de boa qualidade fio dela, minha Ariadne.

*Como romper combater hostilidades da fúria impetuosa da melancolia? — essa sensação angustiosa, esse envolver-se em desânimo — como combatê-lo? Modo geral, no embate entre minha aptidão artística e ela, melancolia, esta vence quando muito no segundo round: frases já so bem exauridas no ringue — sim: num profundo fastio pela vida à semelhança do próprio autor. Difícil se esquivar dos muitos, reiterados jabs melancólicos. Frases vão se debulhando em palavras que se dissolvem em vogais e consoantes, soltas, atarantadas, desmontando-se a trouxe-

-mouxe pelas cordas — nocaute desalentador. Jeito? Recolher sobre a lona letras com as quais monto esta palavra: RESIGNAÇÃO.

*Dia hoje pelo jeito dependente dos humores da esvoaçante Thuíê, senhora dos ventos fortes. Estou passando agora em frente do necrotério central. Pensando nele, meu epílogo, sussurro aos próprios botões: *Não, sem autópsia: encontrarão muitos rancores nelas, minhas entranhas.*

*Tente tudo duas vezes: uma vez é vez nenhuma — disse alguém que não conhece de jeito nenhum minha incapacidade de triunfar numa alcova.

*Solidão às vezes é tão grande que fico aqui neste quarto-claustro zombando de mim mesmo para driblar ensombrecimento diário — minha porção-parvoíce é substanciosa: suscita autochacotas de todos os naipes. Vida toda tropecei nas próprias estultices. Agora? Entretenho-me praticando autocomiseração às avessas — escárnios-cilícios. Sei que me pego amiúde em flagrante delito estultificante. Sou minha presa fácil. Seja como for, tudo continua enfadonho: vida também tem sido zombeteira comigo. Desconfio que precipito para mim mesmo suposto fim dos tempos no qual haveria tribunal espiritual. Sei que não há nenhum didatismo nela, minha anômala solidão. Desconfio também que tudo isso é fanfarronice das deusas do descaso. Às vezes (feito agora) nem mesmo Billie me suscita apaziguamento — sim: solidão grande demais deixa minha autocomiseração ainda mais perdulária, se assim posso dizer. Há momentos em que penso na possibilidade de eles, extintos amigos, baterem aqui na porta gritando, uníssonos: Trote, foi trote, nos ausentamos nesses últimos quinze anos para testar sua resistência fraterna.

*Velhice? Espaço de vida curto demais para praticar histrionices — autossuperação, por exemplo.

*Ensombrou... Sim: morte dela (aquela que voltará jamais) e deles, amigos todos, ensombrou de vez meus dias. Tenho ali no canto do quarto baú invisível cheinho assim de adeuses irreversíveis. Eu? Destroçado pela pluralidade de ausências. Sei que as palavras me ajudam a represar a fúria dos ventos da saudade. Para substanciar ainda mais latejamentos e amargores autocomiserativos, os aclives da velhice. Apesar dos pesares, ainda tenho os afagos de Billie Holiday. Não estavam previstos esses precipícios todos: ao lado dela, amada (aquela que voltará jamais), pensava utópico que nosso amor fosse de substância imortal.

*O que seria mais sensato? Perguntar quantas mil milhares de pessoas já leram *Madame*

Bovary, ou quantas mil milhares de vezes Emma Bovary já se matou tomando arsênico?

*Abrir comportas, deixar extravasar rancores represados nesta alma revelhusca. Ressentimentos a mancheias, todos, necessário dizer, canhestros, incidindo matizes igualmente angustiantes, provocando crueldades refinadas. Sim: abrir comportas para que todos eles, ódios profundos, não expressos, irrompam a flux sem ordenamento hierárquico. É preciso jogar luz solar sobre esse ponto ensombrecido da alma, motivo delas, inquietações indescritíveis. Preciso me livrar desses abalos móbiles de rancores recolhidos pelo desgosto — reluzir quietudes, desassombrar consciência, entorpecer angústias. Preciso caminhar (feito agora) pelas avenidas desta metrópole apressurada para mostrar a mim mesmo às claras, libertando-me dos próprios esconderijos, dos próprios calabouços. Andejar para não doidejar, ou para apaziguar atormentados rancores.

*Em tempos remotos havia costume hindu segundo o qual viúva demonstrava devoção se cremando, ela também, na pira funerária do marido. Ainda bem que chegou séculos e séculos depois o feminismo para impedir que mulher nenhuma ponha (sequer) a mão no fogo por homem nenhum.

*Não, não foram apenas minhas palavras, eu também caí em desuso.

*Sei que vida toda nasci despreparado para domar exuberância belicosa das deusas da derrocada in totum, marionetistas do meu destino, cujas intenções obstinadamente ocultas são ainda desconhecidas. Sei que vivem untando suas setas de ponta de bronze com veneno mortífero; abusiva insolência; vida toda assediei sem querer (?) infortúnio. Elas? Jesus às avessas: multiplicam fome. Seja como for, acho que me acostumei com bancarrotices, com esses inúmeros dias de perspectivas parcas; que vou dar jamais guinada de 180 graus nesta minha vida desprovida de enlevos heroicos — caso contrário não viveria exagerando nele, meu laudatio funebris. Sim: depois dos noventa fica cansativo carregar próprios despojos. Sei que não há oblação suficiente para escapar dos infortúnios perpetrados por elas, deusas da derrocada. Crueldade inflexível. Sim: não há mantra propiciatório nem sacrifício expiatório suficientes para me livrar de suas malvadezas. Às vezes submisso, sinto-me constrangido na condição de oferenda voluntária.

*A grande vingança do artista é viver — mesmo não gostando da vida.

*Às vezes me olho no espelho e percebo que não sou bom para escolher camisas — motivo pelo qual evito rever meus textos: para não descobrir que não sou muito bom também para escolher palavras.

*Agora? Entregue à tutela do desconforto — mais físico que espiritual: aboli de vez convicções, deixei de contra-argumentar inclusive comigo mesmo. Desconforto a menos. Aos noventa, apenas entre aspas as doenças do corpo — precisaria mais? Desconfio que tarefa mais sensata da velhice é esperar morte sem muita altiveza — aos resmungos, por exemplo, e com pessimismo e cinismo também. Tudo agora resume-se aos resíduos, às precariedades.

*Quase sempre me alimento dia inteiro de pequenas conversas kafkianas. Fascinatio nugacitatis — fascinação de bagatela, diria Pascal. Sei que satisfaço minha pulsão homicida matando o tempo. Nem sempre há raciocínio suficientemente zombeteiro que dê conta de certas obscuridades impenetráveis — me obstinarei tentando. Ontem, cavalheiro de terno, gravata caminhou ao meu lado numa calçada desta metrópole apressurada. Falava com alguém no celular. Diálogo bíblico-mercantil: *Oi, irmão, Deus te abençoe. Olha, consiga terreno bom perto* *da Represa que eu compro. Sim: para vender logo em seguida para amigo acrescentando, claro, quarenta, cinquenta por cento sobre o valor. Obrigado, irmão, Deus te abençoe. Sim: também tenho Jesus no coração.* Preciso reler Lucrécio, aquele que dominou a arte de desprezar ações humanas.

*De seis em seis meses releio Bruno Schulz: jeito masoquista de ratificar minhas garatujas ou garafunhas — tanto faz.

*Raramente me basto em minha própria solidão. Sim, recorro às palavras, escrevo, afago próprios delírios, mas nada substitui acarinhamento enfeitiçado das mãos dela (aquela que voltará jamais); sei que trocaria vida eterna por mais cinco fulgurantes anos ao seu lado. Jeito? Aplainar palavras para compensar reentrâncias, côncavos, rugosidades da velhice.

*Anarquistas são inimigos da autoridade política, econômica, familiar, religiosa, moral, assim por diante. Eu? Inimigo de tudo isso — e do anarquismo também.

*Agora, aqui, nesta lanchonete, entregue às reminiscências. Diversão nonagenária, sim, olhar tempo todo para espelho retrovisor. Jovem, dezenove anos, se tanto, num bordel de cidade do interior. *Leia meu horóscopo, querido, não sei ler.* Eu? Inventava futuro promissor para ela. Astrólogo ficcionista. Acho que biraia aquela percebia minhas invencionices: impossível caber tantas palavras em página tão pequena. Já praticava literatura sem saber. Sei que éramos afetuosos um com outro — intercâmbio de gentilezas pressagiosas: lia entre aspas horóscopo dela, que lia minha mão. *Vamos ver... Ah, você vai ser médico muito famoso.* Quase acertou: cirurgião cardíaco muito famoso abriu meu peito trinta anos depois. Eu? Dizia que fazendeiro rico iria tirá-la daquele lugar. Fui para a capital — nunca mais soube notícias dela, minha zabaneira cigana. Acho que sabíamos cada um à sua maneira da impossibilidade de esculpir futuros mútuos.

*Entendo seu desprezo: também não morro de amores por mim.

*Estou delirando ou agora, depois de velho, minhas manhãs ficaram realmente mais oblíquas? Sei que riso se alojou de vez lá no soslaio dos lábios e que velhice me jogou para acostamento — não para margem de uma estrada, mas para acostamento da vida. Acho que solidão não deveria ser tão veemente comigo.

*Areia movediça... Sensação de que há sempre areia movediça nas entrelinhas deles, meus textos — possivelmente móbil dela, minha inata melancolia. Areia movediça esfíngica: ou você me decifra ou devoro você. O inexplícito e eu — nos alimentamos um do outro: prazer obscuro, insubsistente talvez. Desconfio que deixo nas entrelinhas meu apelo plangente, meu desejo inconsciente de angariar novos afetos. Indícios — sim: difícil decifrar próprias nebulosas esquivanças. Não é ilícito driblar a si mesmo — é arbitrariedade psicológica? Sei que nesta analogia arenosa embarcam todas as suposições: não seria surpreendente descobrir que nas entrelinhas moram todos os meus suspiros? É lá que procuro (incansável) afazeres para as tais ternuras intactas de que nos falou Jorge de Lima.

*Elas ficam tempo todo confabulando lá dentro deles, dicionários, que mamata é essa? Vou fazê-las confabular aqui para mim — cáften das palavras.

*Tarântula — nome sonoro poético, embora ela, aranha, não seja.

*Apatia... Vivo tempo todo apático. Entendo motivo pelo qual deuses do Olimpo eram competitivos: imortais, envelheciam nunca. Agora? Pertenço ao clã dos desinteresseiristas — espécie de claustro vocabular, sem interesse eclesiástico, apesar da similitude paulina, palavras também me perguntam: *Por que nos persegues?* Perguntam por perguntar: sabem que apenas elas, palavras, conseguem alumiar vez em quando meu habitual esmaecimento interior; apenas eles, vocábulos, conseguem me fazer desviar o olhar dela, minha irreversível decrepitude. Sim: não sou apto aos próprios escombros — prerrogativas da frouxidão, da tibieza de ânimo que se erguem a prumo. Sim: desconfio que deve ser bom acreditar que depois de tudo isso encontraremos no outro lado esplendores indizíveis.

*Morte dela (aquela que voltará jamais) foi sombria tempestade, trazendo temporal de fortíssimo vento, destelhando de vez o aconchego.

*Insuportável essa timidez de Deus, que há mais de oitenta anos insiste em não aparecer para mim — ou ele é surdo, ou rezo baixo demais.

*Agora, aqui, nonagenário, ajustando contas comigo mesmo. Com própria insensatez, com própria intolerância — raramente involuntárias. Agora, aqui, no umbral dos ajustamentos definitivos —plangências inúteis sobre degraus do patíbulo; arrastando-me rumo às regiões insólitas da autocomiseração — móbil da velhice. Percebo com nitidez miudeza de meu futuro — até meus passos agora são miúdos: lentidão precedida de titubeio. Todos os caminhos, até mesmo as mais curtas veredas, são cheios de percalços. Agora, aqui, aos noventa, tentando ajustar contas comigo mesmo — embate dificultoso, fora de hora, possivelmente tarde demais: não se ajusta muito bem na tessitura dela, minha razoável coerência — no sentido de me esquivar de mim mesmo. Foi difícil vida toda conter meus impulsos atabalhoados, cujas inconsequências provocaram dissabores de todos os naipes. Por quê? Jeito é me despojar de perguntas para as quais não tenho respostas. Possivelmente me submeti a essas influências definitivas de que nos falou aquele sabichão vienense. Agora, aqui, aos noventa, tentando inutilmente ajustar contas comigo mesmo — abismo é grande entre intenção e realização. Jeito é conviver com inquietude móbil do sentimento de culpa e seus inumeráveis desdobramentos.

*Você pode não acreditar, mas muitas vezes, ou quase sempre, me considero entidade fantástica, fantasmagoria, ilusão de ótica, quimera. Sim: sou narcisista fabuloso.

*Sensação estranha: desconfio que todos os topógrafos desta metrópole desgovernada foram, de súbito, envergonhados, morar alhures.

*Já vivi, sim, noventa anos, mas sem muita destreza para reprimir próprios rancores. Sei que exagerei nos atalhos: cheguei cedo demais na velhice. Acho que fui estrangulado pela afoiteza. Sei que envelhecer é se atafulhar de prenúncios; é ser refém das torpezas da decrepitude. Seja como for, tenho medo nenhum de ventanias: não há mais telhas na cobertura da construção da minha vida. Ficaram, sim, meus passos lentos e estouvados dentro desta casa-eremitério.

*Dormir... Sim: apenas quando me rendo ao sono consigo afrouxar nós da saudade dela (aquela que voltará jamais). Irrecuperável, eis a palavra-alavanca na engrenagem da esperança que se quebrou para sempre — ensombrecimento absoluto, ad aeternum. Ela era meu signo de comunicação. Juntos? Poderíamos atravessar a nado até a outra margem do rio quando bem entendêssemos — mesmo sendo ambos desjeitosos para os bracejamentos fluviais ou aquáticos.

*Tenho a mesma ambiguidade dos meus vocábulos.

*Quem me vê caminhando, agora, pelas ruas desta metrópole apressurada possivelmente pensa que tenho, também diante da vida, mesma postura imperturbável que demonstro nela, minha função de caminhante solitário. Meus passos ainda são cadenciosos, mantenho altiveza no conjunto do corpo, dirijo olhos discretos para transeuntes sem mostrar menor interesse de decifrar suas almas — desconfio que não incomodo o próximo (embora pareça paradoxal): meu olhar está isento de altruísmo, se assim posso dizer. Sei que nunca tive diante da vida mesma postura, nenhuma doutrina, nenhuma teoria para, aos noventa, praticar apostasia. Sei também algo mais: todos que passam agora por mim não percebem meu rubor — sim: consigo disfarçar ruborescer, mal-estar provocado por quase tudo que fiz na vida. Poucos conhecem alfabeto da dissimulação senil: faço do disfarce minha prática costumeira — instinto de conservação.

*Hybris... Pathos... Sempre achei tais palavras sofisticadas, mas nunca encontrei oportunidade para usá-las em minha literatura. Motivo pelo qual lanço mão delas aqui neste texto não literário.

*Inútil ameaças, imprecações: fazem ouvidos moucos. Sei que continuam me impedindo de colher maçãs das Hespérides. Mas não vou negociar minha sombra com elas à semelhança dele Peter Schlemihl. Também sei da impossibilidade de atacá-las: tal qual Proteu, se esquivam dos adversários alterando própria forma —impossível debelar suas astúcias aere perennius. Sim: mais duradouras que bronze. Ah, essas deusas da derrocada in totum e suas obstinações nefastas inamovíveis. Inútil invocar forças contrárias: são desprovidas de vigor parelho. Sei que essas deusas são provocadoras de dias mais turvos, opacos, nublados — entidades de malvadeza exuberante. Jeito possivelmente seja tentar agarrar acaso pelos cabelos numa sugestão nietzschiana. Talvez.

*Dia pouco significativo; dia sem nome, mas vamos chamá-lo de Dia Doloroso — para não perder vício aliterativo.

*Sim, instrumentos estão todos aqui, à minha disposição, mas, diacho, roubaram-me diapasão.

*A repetição andarilha aperfeiçoa olhar: ontem vi nove, dez ratos saindo do tronco esburacado de uma árvore. Cena insólita. Frutos roedores criando seus redutos subterrâneos arbóreos. Não caminho para suprimir distâncias: pretendo chegar a lugar algum; caminho aleatoriamente: não há preceituário, norma para dobrar esquinas. Muitas vezes ando pelas ruas desta metrópole apressurada solitário feito

Fausto ou Hamlet ou Tristão, me deixando escorregar ladeira abaixo pelos meandros da tristeza — mesmo assim não fico parado numa esquina qualquer esperando grande intervenção divina.

*Não participo de coletâneas: prefiro errar sozinho.

*Agora? Vivendo tempo quase todo alheio aos acontecimentos, como se fosse possível esquivar-me dos dias. Entreguei-me ao próprio torpor, sim, sob ação deste poderoso anestésico cujo nome é Desinteresse. Tempos pretéritos poderia me preocupar, manifestar--me a favor de um ou de outro, sim, refiro-me ao casal ali, da terceira mesa à direita, que não consegue disfarçar o entrevero, batendo-se em duelo verbal, achincalhando um ao outro diante de todos.

*Tenho, sim, autodomínio. Pena que nunca aparece quando preciso realmente dele.

*Não inventei nesse tempo todo de existência suficientes medidas preventivas para combater descaso — sim: relegado ao abandono no epílogo da vida. Sei que não me capacitei para o desdém absoluto. Não é por obra do acaso que prepondera rancor móbil dele, meu próprio desajeitamento social — vida toda desarticulado para afagos mútuos. Eu? Soube, mais do que ninguém, entalhar própria melancolia. Sensação de que seu busto de madeira fica aqui comigo (ao pé da cama), velando-me com seus mil olhos à semelhança de Argos. Preciso me reconciliar com a resignação — teria outra escolha, aos noventa? Deus? Acho impossível conciliar-me com o inexistente. Sei que velhice é vaso quebrado impossibilitado de restauração. Sei também que agora, depois de velho, rememoro apenas para escavar amarguras — Sim: autoflagelação. Curioso lembrar-me dele,

Nietzsche: somente depois de teres deixado a cidade verás a que altura suas torres se elevam acima das casas.

*Quando ela (aquela que voltará jamais) morreu, me deixou de herança o sem-sentido — alguns estremecimentos noturnos também.

*Desesperança? Não faço dela meu ácido cianídrico: lanço mão dessa entidade a todo instante para substanciar niilismo lírico; é albergue dentro do qual me blindo de surpreendências muito pouco agradáveis; é também minha musa — mesmo não sendo circunstancial, não a cultivo com passionalidade: sou desesperançoso acanhado, tímido; minha desesperança não é desalumiada in totum: tem claridade mediana do abajur lilás — sem espetacularidades. Sei que há conivência serena entre mim e ela — bom acolhimento mútuo: nunca me fez descer à gruta de Trofônio. É bom ser desesperançoso: um *olá* inesperado da moça menos feia do bairro já é ganho e tanto. Sei que não transformo minha desesperança numa filosofia do desgosto; que, enquanto não acontece incêndio mundial heraclítico, escrevo e caminho pelas ruas desta metrópole apressurada. Nunca ando só — sempre eu e minhas inquietudes e minhas absurdidades. Muitas vezes tento, inútil, esquivar-me do próprio orgulho virando esquinas abruptamente; noutros momentos, abro torneira de jardim público qualquer tentando, ingênuo, esfriar desesperança que ameaça se tornar ígnea demais. Sim: prepondera precaução — redemoinhos encandecidos da desesperança, com sua engenharia própria, esbanjam labaredas pródigas para atingir o seu fim. Sei que faço dela, expectativa ilusória, minha morada aconchegante; somos íntimos — embora, hoje, no reino dela, deusa da desesperança, sou apenas chandala. Entendo: na velhice tudo vai se desbotando com naturalidade, inclusive esperança —entidade prazenteira em cujas lacunas tiro proveitos provisórios; motivo pelo qual não deixo que meu rancor se substancie de mesquinhez. Inegável: desesperança e eu temos, um pelo outro, amor patológico, ponderado, mas patológico.

*Rebeliões acontecem amiúde aqui, ali, acolá, e eu, resignante, não consigo me rebelar nem mesmo contra própria solidão.

*A flecha, diz Zenão, não atingirá nunca o alvo, pois sua trajetória é indefinidamente divisível, e tal infinidade de hiatos não poderá ser percorrida num tempo finito. Ao que tudo indica não explicaram isso aos Apaches, aos Comanches, aos Cheyennes: caso contrário, teriam sido dizimados há muito mais tempo.

*Na velhice, carecemos de arqueólogo qualquer para recolher nossos dispersos.

*O que fazer com esses entristecidos entretecidos desalentos alojados nos meus recônditos? Sei que ainda é cedo para precipitar-me na melancolia. Agora, aqui, neste quarto sombrio, vendo na parede sombras interpostas dela (aquela que voltará jamais) e deles, extintos amigos.

*Quando há água, cântaro canta.

*Não estou gostando nada, nada deste cheiro em mim — cheiro de abandono.

*Extintos amigos? Todos adeptos de Jocus, deus da zombaria e dos gracejos. Cultos e cínicos — mas sem o cinismo extremo de Robespierre, aquele que mandava guilhotinar desafetos sem abrir mão de seu axioma segundo o qual o homem é o ser mais nobre da natureza. Ao lado deles conseguia esconder minha tristeza atrás de meia dúzia de pilhérias — mesmo sabendo que riso não drena pântano bancarroteiro. Sei que eles davam transparência às coisas aparentemente opacas. Colecionador de metáforas marítimas, digo que meus amigos enfraqueciam ventos, apaziguavam ondas em fúria à semelhança do fogo de santelmo.

*Ao rés do chão... acho bonita esta expressão: ao rés do chão... deve ser por isso que estou quase sempre aqui.

*Agora, aos noventa, viver é labor extenuante — às vezes ando pelas ruas desta metrópole apressurada feito ela, Ágata, personagem aquela dele, Musil: *Queria sair andando da vida. Por isso andava. A cada passo, andava para fora da vida.* Inútil opor resistência ao desalento: com o tempo abolimos afligimento móbil desta irmandade siamesa — inócua tentativa de se desvencilhar um do outro: aferrolhamento mútuo de bom grado, sim, parentesco patológico. Ambos, desalento e eu, propensos à resignação, abarrotados tempo todo de condescendências recíprocas. Sei que nós, de natureza desalentosa, somos desafeiçoados aos vindouros: vivemos a trancos-barrancos agarrados às quinquilharias do cotidiano. Já nos habituamos à imobilidade entre aspas do tempo. Sei que resmungo é nossa sinfonia-mor. Sim: há também desejos ocasionais de um querer trucidar o outro — sempre abrindo mão do regozijo. Modo geral celebramos *extravagante lealdade.*

*P.S.: Oh, Charles, havia me esquecido: suas flores do mal me fizeram bem.

*Estoicismo? Não: cansaço é quem anula todos os meus impulsos. Cansaço nonagenário — bálsamo da velhice. Agora gosto de passar horas seguidas sentado em cafés de livrarias adivinhando saudade nos olhos dos outros. Procuro, para mim mesmo, caminhos, atalhos para chegar mais cedo à quietude — não me ver enredado nas malhas da impulsividade. Cansaço blinda-me desse desproveito cujo nome é rompante; vai me ensinando a mostrar--me prudente, diplomático com o inesperado.

Agora caminho em zigue-zague para não ser atingido pelo sopro inconveniente da afoiteza. Cansaço da velhice me ajuda retemperar naturalmente sensatez; lançar mão tempo todo do talismã da paciência. Rabugice às vezes conquista ascendência, mas, persistente, extenuação da longevidade restabelece forças, reconquista placidez, compostura. Sabedoria? Não: condição primária do arquejamento dos tempos vividos. Sei que velhice dispensa por si mesma sabedoria das três portas de Busvrame. Primeira: seja ousado; segunda: seja ousado e, sempre cada vez mais, seja ousado; terceira: não seja demasiado ousado.

*Não, ainda não inventaram emplastros para arrefecer dor desse sentimento melancólico de incompletude a que chamamos saudade.

*Tudo em mim resvala no ócio — até minhas frases parecem já nascer predispostas à ociosidade, maldispostas à reflexão; quase sempre criam nuvens que não provocam chuvas. Frustrante: intenção sempre foi tentar retirar todo corpo sólido das palavras dando-lhes perceptível aspecto de água potável.

*Sinto certo desconforto quando obra qualquer de minha autoria ameaça bem-aventurança midiática: percebo nitidamente que todas as palavras de todas as páginas dele, meu livro, ficam ruborizadas constrangidas incomodadas diante de tanta exposição.

*Vez em quando (feito agora) lanço mão de resmungos silenciosos contra pessoas de caracteres desarranjados, puídos, fuliginosos. Fúria fosse maior, diria alto e bom som: canalhas. Possivelmente seja cansaço nonagenário, não sei, verdade é que canalhas me entediam. Quando, desavisado, pego na mão de um deles para cumprimentar, sinto, ato contínuo, sensação de estar espalmando cacto. Voz do canalha? Modo geral crocitante; dotado de gentilezas bolorentas, excrecenciais, se me permitem neologismo; suas frases e gestos são amiúde impregnados de cinismo e manipulação — embusteiro cordato: se esgueira pelas vias sinuosas de quase imperceptível disfarçada diplomacia; olhares penumbrosos, oblíquos; risos desbriosos; despudorado, jamais se enrubesce. Mamífero matreiro, astuto, ardiloso, da ordem dos primatas, cuja extinção acontecerá nunca-jamais.

*Realidade nua, crua: minha solidão, esta sim, é obscena.

*Por favor, deixem-me quieto, não apaguem possível toco de vela, ainda aceso, sempre que eu estiver nos meus alçapões nos meus sótãos nos meus subterrâneos.

*Sempre assim: quando meu cardiologista diz que minha saúde está tinindo, saio do consultório assumindo altaneiro poção-ateu-

-empedernido. Dois dias atrás, no entanto, ecocardiograma diante dos olhos, meu médico meneou cabeça negativamente, sugerindo reforço na dosagem dos atuais dezoito comprimidos diários. Sim: comecei a dizer em voz baixa súplicas religiosas, de pé, ali mesmo, diante do elevador que teimava em não chegar.

*Consigo jeito nenhum me licenciar do ato de escrever: palavra é minha sombra.

*Conheço plenamente ruas por onde ando: todas topograficamente nomeadas — só não tenho consciência dele, meu destino.

*Vida? Transito nela desengonçadamente. Desconfio que há certo encanto nele, meu desengonço — bizarria lírica, se assim posso dizer, sem entender direito o que isso significa. Sei que vida toda cultivei razoável enternecimento pelo meu Eu grotesco. Possivelmente não seja culpa apenas minha: vida é desajeitosa pela própria natureza — mas nem sempre banal; enigmática tempo quase todo, mas, digo-repito, nem sempre banal. Prova disso é que ela me permite andar sonâmbulo, sem ouvir próprios passos, horas, dias e meses (normalmente glaciais e pálidos) pelas ruas desta metrópole apressurada — feito agora, por exemplo.

*Muitas vezes meus passos divergem dos caminhos que eu mesmo proponho.

*Costumes funestos comuns desgosto benefícios exteriores... Sim: palavras às vezes chegam pondo-se em marcha desordenada suscitando (feito agora) frase atarantada.

*Acordei-me sem disfarçar minha inegável procedência da cidadela dos irritadiços — manhã solidária emoldura minha rabugice. Preâmbulo de horas aflitivas, nebulosas: são nítidos seus eflúvios desalentadores. Talvez tudo isso sejam insinuações precipitadas: ainda não abri pequena única janela deste minúsculo quarto que fica no subsolo deste diminuto prédio no qual moro há alguns poucos meses.

*Acho que sou vítima de certo entorpecimento participativo — alheamento social. Sim: social relativo à comunidade, ao conjunto dos cidadãos. Sinto-me indiferente aos problemas políticos e sociais, indivíduo ficcionístico em tempo integral. Por favor, não me interpretem com ligeireza, com severidade desmedida: niilista lírico — lembram?

*Quase sempre conversa emperra: tenho muita dificuldade em dialogar comigo mesmo — somos sempre mutuamente esquivos.

*Inquietante conviver com próprias fantasmagorias, próprios despropósitos, próprias contradições — tudo muito cuidadosamente entrelaçado. Tudo muito visível também, óbvio demais para tentar fazer ouvidos moucos, disfarçar com olhares oblíquos. Inúteis, desarrazoadas todas as possíveis perspicácias. É tedioso conviver com próprias, emaranhadas particularidades psíquicas. Jeito é abstrair-se caminhando, escrevendo, imaginando idiossincrasias alheias através do andar desengonçado do outro também andarilho que passa agora por mim na calçada. Sim: seu caminhar é angustioso, desencantado, arrasta melancolia nos próprios passos. Eu? Arrasto tantas coisas — inclusive excentricidade voyeurística.

*Manhãs de cores difusas... Vontade súbita de escrever texto com este começo: manhãs de cores difusas. Às vezes (feito agora) invento assunto qualquer para lançar mão de frases ou de palavras específicas: lúgubre, por exemplo. Sim: manhãs de cores difusas, lúgubres. Curioso:

nesta metrópole apressurada parece que dias já amanhecem experientes — desgastados também, feito joelhos das três carolas saindo agora daquela igreja ali em frente. Manhãs saturadas de vigor financeiro e rezas fervorosas — investimentos futuros. Escritor sem dinheiro e sem fé poderia, rancoroso, chamar tais amanheceres de manhãs obtusas. Pode ser rabugice em excesso, não sei, seja como for, acho que numa metrópole apressurada feito esta até pássaros lançam mão de chilreios charlatanescos. Sim: você aí do outro lado, que abrange com a vista esta página, vai perdoar meus delírios passeriformes. Sei que muitas vezes, alheio a tudo, todos, esqueço-me de adestrar meu olhar para coisas cotidianas: pratico abstrações. Modo geral sou absorvido pelos acontecimentos — mesmo sendo minúsculos: beatas saindo de igreja; pássaro sobre galho de árvore esmorecida pelo sufoco das chaminés febris. Tempo todo olho de esguelha para transeuntes apressurados, sem deixar de perceber seus olhares mercantis — desaconchegantes também. Sei que essas manhãs de cores difusas, lúgubres, são prestimosas comigo:

abastecem-me de palavras — insípidas às vezes; que escrevo pensando, ingênuo, que posso me obstinar em durar alguns meses, anos a mais driblando morte com verbos adjetivos predicados que tais.

*Escritor coerente recusa-se a vender seu romance epistolar nas livrarias: leitor só poderá recebê-lo pelo correio.

*Se mulher qualquer chegasse agora, precisaria beijar não, jeito nenhum, respiração boca a boca já me salvaria desta solidão sufocante.

*Acho que nem mesmo todas as águas do Letes conseguiriam tirar nódoas dele, meu passado.

*Eu? Tempo todo resvalando em inquietudes existenciais — mas nada grave bastante para me levar a dar as costas para vocábulos, apartar-

-me da palavra escrita. Gosto quando elas me chegam pálidas. Agora, por exemplo, percebo seu bronzeado artificial.

*Sim: meu nome irá perpetuar-se e, tenho certeza, daqui a três, quatro séculos será dito que sempre tive disposição para ver coisas pelo lado bom e esperar uma solução favorável, mesmo nas situações difíceis, sim, móbil de providencial erro de copista, dirão que fui o mais otimista de todos os escritores de minha geração.

*Repinique de sinos ali na catedral relampeja incontinente na memória cidade-gênese, lugar no qual perdi desde cedo crença em laço conjugal: pai-mãe tempo todo rompendo lanças, ateando facho da discórdia — casa-conflagração. Não é por obra do acaso que coração aqui vive atravancando in limine progressão do idílio: quem é naturalmente desemparelhado de benefícios se espavorece diante da bem-

-aventurança; desacolhe de pronto o propício.
Vida fica vazia de significação.

*Livros hoje em dia modo geral parecem já nascer carentes de axiomas.

*Ímpeto? Esqueci setenta anos atrás sobre criado-mudo de quarto de bordel de certa cidade do interior.

*Minha vida? Devaneios dolorosos, esperanças movediças. Sim: para mim sol sempre nasceu titubeante. Lobo uivando para lua surda. Eu não, mas minha literatura chafurda extasiada nisso tudo.

*Palavras ficaram mais ocas nos últimos tempos. Parece que não resplandecem mais; perderam acúmulo de êxtases, sua florescência, balbucio, cintilância — predestinadas a uma inquietante

opacidade eterna; tornaram-se servas preguiçosas de escrevinhadores de igual jaez; perderam
ardor, ímpeto, entusiasmo de voar, acomodan-
do-se acocoradas ao rés do chão. Podem não
acreditar, mas sou de um tempo em que palavras
davam em árvores. Vocábulos carecem de res-
surreição — vivem entorpecidos in pertibus in-
fidelium, perdidos em regiões estranhas, numa
orfandade absoluta, num abandono letárgico.
Não é por acaso que há muito tempo aventuro-
-me dia todo, mês inteiro nas frases também
ocas — diluídas pelo desencanto.

*Eu? Sempre fustigado pelas reminiscências.
Agora... refém absoluto da deslembrança.

*Sensação estranha: às vezes sinto (feito agora)
que escrevo apenas para deixar meu dia menos
vulgarizado; ou para desafogar inquietude; ou,
num gesto extremo de rabugice, desencantar

musas. Possivelmente. Sei que móbil dela, minha escritura, é também vaidade. Sempre imagino alguém na mesa ao lado cochichando com interlocutor qualquer: *Veja, sim, revelhusco ali, de rosto sulcado; não é desvalido de todo, escreve; é escritor.* Vive-se de envaidecimentos fugazes semelhantes aos fogos-fátuos. Sei também que escrevo para me livrar dos meus demônios, que se apresentam em forma de vogais e consoantes — escrever é desanuviar dos próprios assombros; jeito poético talvez de cortejar próprios destrambelhos; de zombar de si mesmo — sem abrir mão dos rompantes lúdicos; escrever para tornar águas do meu rio menos turvas.

*Não sei... Parece que sou vítima de angústia esvaída, capitosa... Ou isso é chilique de escritor arranjando jeito matreiro de lançar mão de palavras aparentemente inteligentes, originais: angústia esvaída, capitosa... Hem?

*Vida fica menos ruim quando vivemos ao compasso delas, surpreendências: preestabelecido enfadonha. Agora por exemplo me deixei levar por esta atmosfera confraternizadora. Há neste período emanações de benevolência pairando no ar — apesar da patetice daquele Papai Noel de pelúcia tamanho natural, bamboleante, tocando saxofone ali na vitrine.

*Acho que vou morrer sem nunca ter visto mulher de perto — de pertinho mesmo.

*Infâmia abismal... Gosto de expressões deste tipo: infâmia abismal. Sim: ignomínia insondável. Às vezes me vejo exposto a humilhações de todos os feitios. Infâmias gravitando às cegas. Conheço de perto minhas desafetas, são elas, sim, deusas da derrocada in totum. Sorrateiras. Ricas em surpreendências. Olhar fulminante: capaz de gretar alma de suas vítimas. Sei que vez em quando se amontoam feito nuvens negras sobre mim — inquietude transborda: difícil, impossível se acostumar com suas investidas bancarroteiras. Sei que tecem insipidez dele, meu horizonte, desbotam minhas manhãs, estreitam ainda mais minhas veredas. Maldade exuberante. Deusas construtoras de hiatos impreenchíveis. Curioso: quase sempre ouço tropel apocalíptico dos quatro cavalos dessas fazedoras de desvanecimentos — multiplicadoras de minhas inquietudes senis. Sei que estão me levando tudo, aos poucos; sinto-pressinto que mais cedo mais tarde levarão também meu encanto pelas palavras.

*Cena enternecedora: passaram ontem por mim três homens de mãos dadas; possivelmente avô, possivelmente pai, possivelmente neto de quinze, dezesseis anos, se tanto. Pacto amoroso de infindável beleza.

*Envelhecer? Enfrentar aos arrastos dias ressequidos.

*Tempo todo assim: observando o alheio, o fugidio: quero jeito nenhum tête-à-tête comigo mesmo. Barulho oco, seco de corpo se estatelando no chão continua atroando nela, minha cachimônia — moça ontem saltou do décimo andar. Prato da balança pendeu a favor do flagelo. Somos nosso próprio fio de alta-tensão. Vida assim mesmo: de repente oxida alma, degenera peito, emperra passo, imobiliza todas as possibilidades. Dia hoje nebuloso-friorento se harmoniza com ele, meu desalento. Permaneço sentado neste banco de praça, assim: olhando para nada-ninguém com esse olhar-índex-de-perdas.

*Medroso aliterativo? Sim: medo de ratos rasteiras raios rãs.

*Felicidade? Escamugiu-se... escorcemelou-se... fez víspere... tingou-se... fez-se à malta, se foi em retirada me deixando de herança riquíssimo vocabulário.

*Estranha precipitação deste dia que amanheceu anoitecido.

*Vocês aí de cima! Podem retirar para sempre escadas do meu porão.

*Mistura de raiva-inveja, tenho raiva e inveja do riso subversivo daqueles jovens ali na terceira mesa à esquerda — incomoda-me alegria extravagante deles. De repente, movido pela inveja, pensei agora na possibilidade de hocus pocus qualquer envelhecê-los sessenta anos em apenas duas, três horas, se tanto. Não seria preciso me olhar no espelho para saber que não provoquei em mim mesmo enrubescimento: perdi tudo, inclusive constrangimento pudor pejo vergonha. Meu rancor é precipício vertiginoso. Sei também que minha indignação é desprovida de estoicismo.

*Sensação de que morte dela (aquela que voltará jamais) me deixou monopólio da solidão.

*Prudência... nunca me conservei dentro dos limites: coleciono afoitezas próprias. Vida toda desconectado com ele, comedimento, com meio-termo, com a leniência. Sou conduzido tempo todo pela mão invisível da precipitação. Atos tempestivos, angústias futuras do solipsismo; da solidão angustiante. Minha biografia está atafulhada de atitudes atrabiliosas. Bufonarias inócuas diante da ponderabilidade. Vida toda embevecido com próprio afoitamento. Acho que não dá mais tempo para praticar reflexões. Incorrigível — sou sim: agorinha falei imprudente para ex-vizinha que ela havia envelhecido muito, mas muito mesmo, nos últimos seis meses.

*Mudou-se para casa maior: na antiga já não havia espaço suficiente para guardar tanto rancor.

*Dias abstratos ausentes de concretude. Sei que vida me deixou assim: purgando autocomiseração e rancores e que tais. Poderia jeito nenhum ser diferente: noventa anos caminhando ainda às apalpadelas. Parece que desde pequeno, já na infância, esconderam de mim todas as minhas abstrações.

*Caminho mais uma vez pelas ruas desta metrópole apressurada. Transeuntes? Patéticos. Eu? Peripatético.

*Einstein comentando Kafka: O espírito humano não é suficientemente complicado para compreendê-lo.

*Não sou tão alienado quanto pareço: sei que o mundo fica a oito, nove quadras daqui.

*Minhas sensações já foram num pretérito distante muito prazerosas. Era quando volúpia surgia a flux, ao seu talante, ad libitum. Agora? Vestígio, apenas vestígio daquela longínqua fisionomia marota — não há ardileza que dê conta deles, sulcos na pele. Apesar dos pesares, ainda é possível reivindicar favores mnemônicos revendo fotos em sépia — jeito fantasioso de apalpar passado. Gozo já foi farto, mas não há libações que consigam trazê-los outra vez à tona. Derrocada irrefutável. Preciso me resignar diante da adversidade, entregar-me ao estoicismo, guardando de mim mesmo boas recordações luxuriosas. Hoje? Anestesiado pelo nada.

*Mausoléu... Mudar de assunto, por favor: criança na sala.

*Eu? Alternantes acessos de desconsolo e desconvívio. Sempre tive medo da morte — motivo pelo qual mantenho relação de circunstância com a própria vida.

*Meu texto? Cada vez mais autocomiserativo. Preciso parar de regar minhas palavras com próprias lágrimas. Mas, entendam como quiserem: sinto certo frisson com eles, meus desejos não realizados. Preocupo não, jeito nenhum: bancarrota é plataforma dela, minha literatura.

*Intuição... Não sei exatamente significado da palavra perspicácia, mas, intuitivamente, posso dizer que vida toda o que mais me faltou foi exatamente isso.

*Tenho vivido dias prosaicos. Até meus passos estão oscilantes e difusos. Horas cheias de lacunas. Desconfio também que minhas palavras perderam de vez poder antioxidante. Acho que aquele inseto que semana passada sugou meu sangue tem nome: Imponderável.

*Meu quarto? Minha trapa agnóstica. Eu? Ateu — mas despojamento é verdadeiramente cristão.

*Velhice e trabalho — sim: vida poderia ser menos ruim sem essas duas invenções de mau gosto.

*Escrevi outro capítulo dele, meu novo livro, *O romance léxico que Freud não escreveu*: Nosso amor não era convenhamos feito aquele de Höum e Amanda — atados ao pelourinho, ambos por livre escolha, dispostos a sofrer a terrível morte na fogueira do que obter trono a troco da infidelidade ao objeto amado — impossível: mais fácil possuir dom dela, ubiquidade, do que romance nosso hã-hã nós sabemos; alguém — não me recordo o nome — encontrava-se dentro da razão ao dizer que os velhos são eunucos do tempo. Romance aquele nosso meu dela deusa-jambo natimorto; fogo-fátuo; penso nela, coração se confrange, peito fica numa fervença danada. Atroada dele, revólver, continua estrugindo aqui neles, meus ouvidos. Personagem da *Letra Escarlate* foi menos insensato: não regrediu feito eu ao estado animal. Esperança amorosa de velho revelhusco aqui descamba sempre neles, arrazoados sofísticos; morte nos parece menos intolerante do que as múltiplas cargas que suportamos — desabafou nosso doutor austríaco, aquele que nasceu às margens do Danúbio. Terreno resvaladiço, espada de Dâmocles: impossível relacionamento daquele jaez não caminhar para o ocaso; escamurrengado aqui, 75 anos nos costados — saúde assim-assim quase pedindo carona para ele, barqueiro Caronte; ela tinha 27. Velhice: morada subterrânea de onde ninguém consegue sair; impossível arredar-se deles, caminhos labirínticos da decrepitude. Curioso lembrar agora do romance de Kawabata: conta história de bordel japonês cujos frequentadores são todos homens idosos; velhez que só vendo;

último quartel da vida; prazer final dormir ao lado delas, belas adormecidas.

*Meu sorriso oblíquo diante deste espelho é apenas pretexto para mostrar que ainda tenho entusiasmo para praticar cinismo comigo mesmo; para fingir que ainda consigo impedir que tédio desemboque no desespero. Sozinho, neste quarto, sei que ápice da solidão é se precipitar no próprio vazio. Vou morrer encasquetado com essa coisa que chamamos Tédio. Seria possível extrair obliquidade do Tédio? Nem sempre consigo abdicar de perguntas enfadonhas. Pelo barulho ensurdecedor dos fogos de artifício, acho que malfadado Feliz Ano-Novo já chegou para todos eles lá fora. Daqui a pouco, quando entusiasmo externo sofrer eclipse, dormirei incógnito.

*Raramente me lembro da palavra lotófago.

*Agora? Tentando aos trancos-barrancos refrear meus impulsos, conter desregramentos de meus rancores, reduzir via literatura espessura deles, meus dias tediosos, apáticos, abúlicos. Não, senhor Mounier, morte não me parece fraterna.

*Sei que dias da velhice não são pródigos de esperança — perspectivas rasteiras. Preocupantes estas tremuras intermitentes. Inútil negar: vida toda tristezas foram mais substanciosas. Sei que agora, até quando não acontece absolutamente nada, sou acometido por um não sei quê. Acho que estou sendo injusto com própria velhice: já nasci estigmatizado pelo desalento. Distração talvez — sei que sempre fui esquivo diante da felicidade. Dias desordenados assim, canto Cartola. Não vou me matar, não senhor, mesmo reconhecendo que minha afeição pela vida é mórbida demais.

*Nos últimos tempos, diante do espelho, fazendo a barba, percebo que não são apenas meus argumentos, meu olhar também revela indisfarçável anacronismo.

*Viuvez? Vaziez. Ah, essas aliterações indesejáveis.

*Envelhecer é acumular-se de Impossibilidades. Entanto, há pequena fresta para enternecimento. Seja como for, deixei-me levar sorrateiro no vácuo dos amanheceres. Vida assim mesmo: de repente, Possível some de vez, sem deixar rastro, pegada.

*Água que não entra em ebulição. Sim: atração irresistível de caminhar desenvolto sobre ruínas de mim mesmo.

*Não há diligência possível capaz de capturar autor da morte dela, minha exultação.

*Percebo que vai crescendo a passos largos divergência entre mim e o mundo. Por enquanto, consigo sobreviver ficando quieto aqui — e ele lá.

*Mais uma vez diante da perpetuação do tédio, das inquietudes prolongadas. Difícil driblar descomedimentos, rudezas da reiterabilidade. Acho que às vezes caminho pelas ruas desta metrópole apressurada para preencher lacunas — não sei exatamente o que quero dizer com isto: preencher lacunas. Habituei-me às frases soltas, desabitadas de sentido, estirando limites da estultice. Sei também que vivo flanando pelas avenidas e praças e vielas sem preocupação de encontrar meu caminho de Damasco: nunca fui pródigo em arregimentar destinos. Jeito é refugiar-me no inalterado, no intangível, esperando, estoico, recuperar quem sabe avidez por surpreendências de naturezas várias — superar resistências, soberba, triunfo da mesmice. Sei que invento peregrinações metropolitanas à procura do lugar-nenhum apenas para inventar retornos esotéricos. Sim: lanço mão mais uma vez de minhas platitudes linguísticas — autoentretenimento. Sei também que caminho para arrefecer embrutecimento do desencanto. Sim: às vezes, ou quase sempre, não consigo abandonar hábito de me compadecer de mim mesmo.

*Desconfio que aquele etecétera da frase dela sou eu.

*Às vezes, feito agora, caminho pelas ruas desta metrópole apressurada certo de que sou hipótese inadmissível — abrindo mão para mim mesmo do princípio do contraditório.

*Azedume ainda não perdi; avidez sim, mas incomoda mesmo são essas trevosidades derradeiras — parece que nesses derradeiros dias tudo fica mais escuro. Despojamento... Careço de tudo, inclusive despojamento. Difícil cultivar despojos na senescência. Mais difícil ainda coexistir com elas, minhas próprias inquietudes — modo geral paciência se decompõe, palavra inoportuna a esta altura da vida — sim: repulsiva, obscena. Curioso lembrar agora de outra palavra pouco mais substanciosa: carcaça. Sei que melancolia é irrigação nele, meu plantio de palavras.

*Ando desacreditando amiúde no ser humano — preciso reler urgente Edith Stein, Teresa de Ávila, Simone Weil.

*Quando meu niilismo não desemboca no rancor, já é ganho e tanto.

*Tenho momentos de felicidade, sim senhor: às vezes amanheço, olho-me no espelho, fico de repente feliz — e sussurro eufórico: ah, que bom, possivelmente morrerei hoje mesmo.

*Amada? (Aquela que voltará jamais?) Humor desconcertante: uma vez, entreguei-lhe originais dele, meu romance quase pronto, pedindo opinião. Dias depois, veredito irônico: *Só falta pequena coisa para seu livro ficar definitivamente desconjuntado: o ponto final.*

*Difícil às vezes encontrar saída neste labirinto cujo nome é solidão — tecedora de momentos sombrios. Difícil superar resistência dessa deusa fazedora de isolamentos muitas vezes indesejáveis — quase sempre obstina-se, intransigente, em me deixar numa segregação, num desemparceiramento incômodo demais. Difícil às vezes desatar fechos deste desamparo cujo nome é orfandade. Como impedir sua perpetuação? Como não me submeter à embriaguez desses deuses do descaso — forjadores de penumbra em plena luz do dia? Difícil se livrar desta coisa que traz em si camadas sobrepostas de desalento cujo nome é solidão — emudecedora de diálogos. Cansativo às vezes viver refugiado nas palavras escritas, andaimes muitas vezes frágeis demais. Sei que são desalentosos estes momentos esmaecidos, impregnados de ausência. Jeito é caminhar, ou escrever para quem sabe (?) rasgar teia da inquietude — fantasma que sei, sinto-pressinto, me olha a todo instante de esguelha.

*Apenas a manhã? Não. Eu também amanheci opaco.

*Enquanto inexplicável não chega, peço ao moço aqui do balcão pãozinho com mantei-ga na chapa — média também. Dizem que o inexplicável cabe à metafísica; meu pão, ao cha-peiro, que sabe dela, minha preferência: nem muito claro, nem muito tostado. Chapeiro e eu e fome e pão, todos explicamos mutuamente. Desconfio que inexplicável e metafísica não saciam apetite um do outro. Ambos seriam o nada em negrito? O pão, eu sei, quando é do outro, deve ser escrito em itálico. Agora que me alimentei direitinho, posso pensar melhor: a Filosofia é cópia esculpida e encarnada do faroeste: sempre chega de repente pistoleiro supostamente mais rápido no povoado. Todos, claro, se proclamando a si mesmos.

*Jeito é inventar frases e ouvir Billie: ainda não inventaram colírio ou compressa ou analgésico para arrefecer solidão.

*Acho que me incomodo mais do que deveria com magreza dela, minha perspectiva. Sim: da insuficiência dele, meu sentimento de esperança. Parece que solidão na velhice é mais indizível, mais lasciva. Solidão lasciva? Sei que vida toda não me acautelei. Adiantaria? Sei outra coisa: não apenas eu, minhas palavras também estão fungando — choramingamos, resmungamos com respiração entrecortada: acúmulo de tatibitates. Seja como for, palavra é meu escoadouro melancólico; é luz (de vaga-lume) no fim do túnel. Sim: lanço mão da palavra para esgrimir veemência do desconsolo.

*Impossível não olhar com ternura seio de mulher amamentando filho. Aconteceu agora, mesa ao lado, neste café de livraria. Jovem — seios deslumbrantes, aprovação régia deles, deuses lácteos. Posando para Rafael redivivo invisível — possivelmente. Sei que seios dela estão dentro dos limites do sublime — altiveza sedutoramente maternal.

*Ainda não me acostumei com essas brigas que tenho amiúde comigo mesmo; rixa antiga: noventa anos.

*Dias abstrusos: coração num tatibitate daqueles, bate-não-bate desesperador. Assombros latentes, acúmulo de tensões, à beira do pânico. Vida? Artificial? Equívoco? Sei que meus dias ficaram poeirentos, nebulosos, despojados de sentido — desmesurado desencanto. Possivelmente móbil dele, medo da morte. Sim: humilde, servil, entrego-me aos desígnios delas, poderosas Parcas que vivem tempo todo entoando cantos implacavelmente vitoriosos. Tudo que existe é justo e injusto, e em ambos os casos igualmente justificável, disse Prometeu esquiliano. Jeito é ficar à espreita, aconchegado nas palavras — frágeis eternas escudeiras. Seja como for, ainda sinto-me encarcerado nas tramas da inquietude, vivendo debaixo do incômodo peso deles, pressentimentos lúgubres. Sei que vivo agora desapontado com própria, desavergonhada, desconcertante autocomiseração e suas configurações peculiares — emaranhado em apelos às piedades próprias; que vivo dias prenunciadores de tensões ultrapassando soleira do desconforto — aflições subterrâneas que precedem tédio total — essa coisa impregnada de apatia.

*Mesóclise? Usá-la-ei aqui pela primeira vez em toda a minha vida.

*Adianta nada dizer que me ama, me admira: meu desalento é incorruptível.

*Difícil lidar com eles, matraqueares plangentes da saudade — vivificadora implacável de tempos pretéritos; refazedora imprevisível de veredas já percorridas. Sim: saudade instiga labaredas mnemônicas. Imagens longínquas, de quase oito décadas passadas, se sobrepõem agora umas às outras num cortejo angustiante: desavenças familiares, agressões inúteis, covardes, melhor consignar tudo ao esquecimento: infância traumática demais — gritos lancinantes dela, minha mãe, são sombras sonoras que me acompanham tempo todo.

*Passos puídos... Velhice provoca aliterações de todos os naipes, inclusive sem muito sentido real — apenas poético talvez: passos puídos.

*Raramente tenho razão quando discuto com alguém. Mas sei também que: se dou o braço a torcer já no preâmbulo do embate, não suscito nenhum tipo de eloquência sapiencial nele, meu interlocutor. Ou insisto no erro apenas para mostrar que não sou animal de rebanho?

*Minhas inquietudes não se cansam de amarfanhar fronha do meu travesseiro.

*Na meninice equilibrei pião girando na fieira. Quando cresci, vida me propôs malabarismos mais difíceis — quase todos impossíveis.

*Soturnos demais esses dias choramingosos da velhice. Tremuras tomando corpo e ficando amiudadas e passos ficando mirrados e caminhos espremidos e negrumes internos se avolumando. Jeito? Garatujar palavras sonoras para driblar sisudez dos dias: trouxe-mouxe, zuruó, zoropitó. Às vezes rabisco manhã quase toda no meu bloco de rascunho palavras que também feito eu caíram em desuso: catrâmbias, erefuê, zaratempô!

*Sei que água gorgoleja e que árvore murmureja e que bomba estraleja e que meu coração, quando vê você, só para não perder a rima, badaleja.

*Manhã prenunciando frases indecisas — melhor desvencilhar-me dessas sondagens de viveza de engenho, protelar excogitações. Sim: respeitar exílio voluntário das palavras.

*Eu? Vida toda abstraído tropeçando nos efêmeros nas quimeras nos estupores. Passos, sim, sempre arfantes. Outro dia disse passos puídos, errei, são passos arfantes. Caminhando vida toda, juntando cacos veredas afora — cacos de mim mesmo. Viver é se estilhaçar se recompor ressuscitando colando fragmentos amiúde. Morre-se mosaico. Antes, as volúpias vão se encarquilhando ao longo do caminho. Sei que vivi aparando perplexidades. Agora aqui neste quarto tentando inútil refutar reflexões. Sim: vou morrer reflexivo. Amigo querido morreu décadas atrás de abstraimento.

*Meu estilingue nunca disfarçou seu sentimento de inveja daquela pedra no meio do caminho drummondiano.

*O Diabo só faz o mal; Deus só faz o bem — acho ambos muito radicais.

*Agora não tenho deixado que meus dias fiquem rarefeitos, supérfluos: escrevo. Enclausuro-me nas palavras — introspecção paroxista, mas

prazerosa, prazenteira: divirto-me com zigue-
-zagues sonoros deles, meus vocábulos. Às vezes
lanço mão de palavra com ressonância nasal
para aumentar prazer vocabular. Exemplo?
Cânhamo; noutras ocasiões, palavra-tobogã:
pantomímico; ou sofisticada: antítese. Não
escrevo para viver: vivo para escrever. Escritor
alienado, apolítico, nada-nada participativo
— não acredito no ser humano: conheço-me
profundamente. Do mesmo jeito que beócios
mundo afora lidam com mísseis, lido com palavras — minha idiotice é menos beligerante.
Sou escritor das obviedades. Não é por obra
do acaso que vivo criando aforismos óbvios: só
vai acabar guerra no mundo quando mundo se
acabar numa guerra. Curioso lembrar agora de
palavra diabólica: luciferino.

*Eu? Nasci possuído por uma pulsão queixu-
meira. Não é por obra do acaso que escolhi para
mim mesmo o slogan *Vim, vi, perdi*.

*Você gostou do meu último livro?

Posso ser sincero?

Não.

Gostei muito.

*Sol agora radiante esbanjando luminosidade entorpecedora de desalentos. Sensação de que nada de benfazejo ficará inconcluso. Não gosto de dias deste naipe: sou de natureza nebulosa, afeito aos recônditos — prefiro manhãs oblíquas, mesmo desconhecendo real significado desta expressão — manhãs oblíquas. Melhor dizer manhãs murmurantes, sim, murmúrios nunca são solares, nasceram talhados para lusco-fusco. Gosto também da opacidade das palavras — sombrio, nebuloso, por exemplo, são palavras opacas. Palavras que me exortam ao questionamento sobre própria macambuzice. Às vezes penso que tudo isso não passa de simulacro literário: jeito matreiro que arranjo para engranzular leitor preenchendo espaços vazios com palavras ocas. Sim, provoco estranheza em mim mesmo: alimento-me de surpreendências.

Sei que gosto de me embrenhar tempo todo neste matagal de palavras opacas — porão, malogro, toupeira, subterrâneo, sombra, assim por diante. Sei que escrevo possivelmente para frustrar pressentimentos lúgubres. Sim, lúgubre, palavra também impregnada de opacidade.

*Depois de tanto restaurar minhas opiniões, acho que chegou a hora de tombá-las. Sim, meu narcisismo tem limite: não estou me referindo ao tombamento no sentido de fazer o tombo de; arrolar, inventariar, registrar.

*Não, senhor síndico, nenhum lobo aqui dentro: vizinhos ouviram uivos dela, minha solidão.

*Olhos de resguardo, olhar enlutado. Fiquei assim desde que ela (aquela que voltará jamais) morreu. Pensar nela é sonhar lonjuras inabitáveis. Tempo agora deixa pistas enigmáticas para saudade — tudo neblinoso demais: memória fraca embaçou passado; luta mnemônica inócua, inglória. Jeito? Colecionar trevas personalizadas. Morte cria abismo cujo nome é NUNCAMAIS. Sei que, aos noventa, dias ficam muito trincados. Agora, aqui, insone, eu e meus despertencimentos. Só eu não durmo para te pensar, diria Hilst, a magistral.

*Estranho: sensação de que o dia amanheceu predisposto a provocar câimbras nas minhas palavras.

*Eu? Vida toda homem de poucos intentos — maioria ambíguos.

*Solidão e Eu? Conluios quase sempre indesejáveis.

Melancolia? Pedra na qual afio minha literatura.

Memória? Ciscando ad nauseam fragmentos dele, meu passado quase todo desastroso.

Morte? Carrega consigo o mais mórbido dos segredos. Parece-me que chega assim, zás-trás, num triscar de dedos.

Saudade? Às vezes me provoca suspiros teologais.

Deus? Que diabo é isso?

Alma? Quando morremos, destampa-se o frasco, evapora-se o éter?

Vida? Tarefa inconclusa. Possivelmente até Dante vivesse mais deixaria menos tautofônico Paraíso aquele dele.

*Depois de velho, adestrei meus tímpanos para ecumenismo: absorvo plácido vozes de pessoas de diferentes credos ou ideologias.

*Agora, aqui, diante do espelho, percebo com nitidez que vida se enfureceu de vez comigo. Não deveria ter trocado lâmpada do banheiro: aquele lusco-fusco anterior ajustava-se melhor ao meu auto-engano. Também é nítido reflexo da concisão, do desânimo dele, meu olhar: incômodo demais conviver com próprios destroços. Mas sei da inutilidade das blasfêmias. Jeito? Apagar por enquanto a luz. Senhores eclesiásticos: canonizem minha solidão.

*Esquivanças inúteis: vez em quando ouço arfar do peito dela (aquela que voltará jamais) entrando sorrateiro pelas frestas deste quarto--claustro. Difícil me acostumar com eles, meus desvanecimentos.

*Depois de ficar sentado quase três horas neste banco de praça, levanto-me por causa das pernas: efeito ancilosante — imobilizações modo geral são muito afetuosas comigo; mais de duas horas sentado, ancilose se manifesta. Não ignoro que minha falta de flexibilidade atinge também meus pensamentos: impassível, resisto tentativas de persuasão — teimosia senil. Sei que durante quase três horas fiquei sentado pensando nela, minha própria inexistência, se assim posso dizer. Fato irrefutável: vão-se os espectros, sobrevivem árvores pássaros praças. Desconfio que vida toda fui conjectura de mim mesmo. Às vezes desconfio dela, minha não existência, quando ouço, delirando talvez, rumor dos cascos dos quatro cavalos do Apocalipse. Modo geral percebo que minha inexistência traz consigo muita serenidade. Reconfortante pensar que muitos outros anciãos também viveram entre aspas, antes de mim, suas nulidades absolutas.

*Médico disse-me semana passada que estou pouquinho anêmico — conhecesse minha esperança, detectaria anemia profunda.

*Ontem, num saguão do aeroporto esperando ninguém, vi dezenas de enfermeiras — simpósio qualquer talvez. Emocionei-me ato contínuo: já estive nas mãos de algumas de suas colegas. Trinta dias no hospital. Sabe o que elas fazem, entre tantas outras coisas úteis? Desinfetam nossa empáfia limpando nossas partes.

*Única serventia dela, minha velhice, tem sido arranjar tempo de sobra para concluir que vida toda, além de beócio, fui também abnóxio. Memória fraca, esqueci de outra vantagem: agora, aos noventa, dei adeus definitivo aos estardalhaços — móbil do fastio. Jeito? Deixar perpetuar banzos. Ah, Billie, minha Billie, me espere: desconfio que ainda hoje você cantará para mim — ao vivo. Fastio desfez inclusive todos os ímpetos. Curioso: olhar para sombras deles, extintos amigos, ali na parede é tão perigoso como contemplar ininterrupto sol a olho nu: espectros também cegam. Sei que nem mesmo minha tosse seca, intermitente, afasta sombra deles do meu campo de visão. Talvez aqueles costumeiros uivos de lobo solitário teriam melhor efeito — mas incomodam demais vizinhos. Difícil se acostumar com essas fantasmagorias senis, com esses apocalipses anciãos. Se isto é ilusão, por que é que isto está aqui?, perguntaria Álvaro de Campos. Ah, Billie, minha Billie, me espere: desconfio que ainda hoje você cantará para mim — ao vivo. Sei que agora, aos noventa, avizinhei-me dos enigmas da morte. E se Deus existe mesmo e também gosta da Billie e juntos, daqui a pouco, pudéssemos formar um trio e pudéssemos cantar numa afinação sublime, impecável? De uma coisa tenho certeza: Se Billie Holiday não mora no Céu — Deus também não.

*Vai! Você precisa ir!
Não insista, deixe-me quieto: nasci pronto para não ir.

*É visível o desgaste deles, meus argumentos.

*Faz tempo, perdi a conta, sei que perdas não me entristecem mais.

*Agora, aqui, enrodilhado no desconsolo, ouvindo Billie. Ela (aquela que voltará jamais) não virá — eu sei. Sem seus afagos vida perdeu de vez sua essencialidade; horizontes tornaram-se sombrios. Viver depois dos noventa? Tão desnecessário como sexto ato teatral. Entrei de moto-próprio para reino dos excluídos, confinado maior parte do tempo neste quarto-eremitério, arcabouço do desalento; quarto compêndio da desesperança. Sim: ainda me restou Billie Holiday — e resíduos mnemônicos: uma vez, numa discussão filosófica com ela (aquela que voltará jamais), citei Protágoras; ela, ato contínuo, observou: *Para o alfaiate, sim, o homem é a medida de todas as coisas.*

*Intolerância... Parece que vida toda deixei que ela, minha intolerância, seguisse curso já previamente preparado por mim mesmo. Nunca consegui desviar trajetória desse rio-desapiedoso-in-extremis. Consigo me livrar jeito nenhum delas, minhas certezas imediatas, abolindo ad introitum qualquer controvérsia. Conflito interno: idiota convicto que não abre mão da própria idiotice. Sim: continuo falando de mim mesmo. Não sei como resolver este meu problema da intolerância congênita. Fica ainda mais difícil quando penso neste aforismo goethiano: *Sábios caem na ignorância quando discutem com ignorantes.*

*Vivo tempo todo tentando imitar grandes autores — símio da literatura, sou sim.

*Cortou linha dela, minha pandorga ou pipa ou papagaio — tanto faz. Sim: me abandonou, deixando-me a sós com minhas metáforas.

*Morte dela (aquela que voltará jamais) desarranjou meus dias; meses, todos eles, ficaram carunchosos. Agora? Muita insônia atravancando amanheceres. As horas? Não sei, desconfio, parece que ficaram mais cinzento-amareladas, encardidas. Inútil tentar me recompor: viuvez irresignável. Dez anos, quase — década desafetuosa, dilacerante. Sem amor dela tempo não se sustenta, perde-se inclusive eloquência

— luto eterniza-se. Sei que fiquei quase todo defeituoso. Antes, acariciá-la horas seguidas era um dos meus afazeres preferidos. Agora, para completar, chega velhice para desdizer tudo; apenas resíduos mnemônicos de quando ela me cobria de beijos reclamando ao mesmo tempo da ausência de dentifrício nele, meu hálito. Sei que lábios carnudos-cheirosos dela faziam-me esquecer dos transcendentes e cousa e lousa. Sei também que minha vida agora ficou muito imperceptível — sim: refém da opacidade diária.

*Quem é aquela jovem ali me olhando tempo todo com minúcias?

Arqueóloga.

*Vida? Acumulação de desenganos e perdas e cousa e lousa, mais cousa que lousa — sim: no desfecho de tudo prevalece declínio de todos os naipes. Mas, dizem, do outro lado, lá, depois do depois virá a bem-aventurança, Olimpo, ambrosia. Conheço tudo isso de perto: sou ficcionista. Paraíso? Palavra — a palavra é meu paraíso, non plus ultra do acalanto; atenua meu desajeitamento diante da vida. Seja como for, não há mais tempo para desconfigurar desconsolos. Sim, meu divino Dante, o Rei do Universo não é nosso amigo.

*Morte? Levarei esse enigma para próprio túmulo.

*Gosto de amanhecer flanando por caminhos enigmáticos, obscuros, impregnados de labirintos — becos irreconhecíveis cheirando a flores mórbidas. Sim: resolvi entrar neste cemitério — lugar no qual enterram histórias interrompidas, onde Parcas reinam absolutas, pousada eterna daqueles que remataram círculo. É bom vez em quando chamar à memória que eternidade é falaciosa. Aqui? Templo da advertência — memento mori. Nossa perenidade tem duração do fogo-fátuo. Fascinante sentir cheiro enxofrado dela, minha vulnerabilidade: cheiro arrefecedor de prepotências. Nítido silêncio desdenhoso zombeteiro dos mortos.

*Às vezes deixo frouxo alma se inclinar para autocomiseração.

*Agora ando, caminho indeciso: dúvidas a mancheias engastadas nos meus passos. Aos noventa, perdi prumo, rumo. Percurso aflitivo do andar a esmo. Sento-me, agora, aqui no banco da praça para adiar tropeços. Curioso chamar à memória que tenho em casa na gaveta do criado-mudo tubo de Quadriderm, sim, creme dermatológico — pena: ainda não inventaram pomada para desnorteio. Desconfio que foi tudo premeditado pelos deuses dos desencontros. Nem tudo está perdido: na mesma gaveta do criado-mudo tem também pequeno volume de poemas dela, Anna Akhmátova.

*Vantagem da apatia? Não se vive aos sobressaltos.

*Vivendo? Não: vou me esgueirando entre um dia e outro.

*Agora, aqui, sucumbindo-me à irresistível vontade de comer torta de maçã. Senhora muito idosa ao lado faz o mesmo; noutras mesas, conversa efusiva — falatório geral. Ela, eu, dois solitários inexoráveis nesta metrópole apressurada. Inegável: carregamos nossa solidão com certa elegância, sem abrir mão dele, nosso apuro degustativo. Vestimenta dela, senhora solitária, é impecável, apesar de sua palidez, apesar do olhar melancólico, cansado — parece que todas as ruas pelas quais caminhou vida toda foram íngremes. Deve existir muita saudade nele, seu olhar lúgubre. Sei que torta de maçã nos ajuda tolerar vida com alguma altiveza. Depois de certa idade vivemos numa estação abandonada cujo último trem passou quinze, vinte anos atrás. Ela, pelo porte, não perdeu dignidade: envelheceu com nobreza, apesar das inúmeras rugas fundas, móbiles da inescrupulosidade do tempo. Penso em puxar assunto — melhor não: depois de certa idade, somos todos propensos às lamúrias; somos também espantalhos da contemporaneidade; gostamos de conversas pretéritas. Sei que velhice ensombrece nossos dias. Seja como for, é aconselhável comer torta de maçã em silêncio — jeito provisório talvez de desamarrar tédio. Senhora elegante de rugas fundas acaba de sair — seus passos são curtos. Nosso tempo de vida possivelmente também.

*Desconfio que agora, depois dos noventa, dias já amanhecem conspirativos.

*Olhando cavalheiros de terno, gravata caminhando céleres pelas grandes avenidas desta metrópole apressurada, lembro-me dos argonautas partindo para conquista do velocino de ouro. Eu? Caminho sem esperança de sucesso, desprovido de realismo à semelhança dele, Dom Quixote.

*Adianta nada me borrifar de alfazema: estou impregnado deste cheiro repugnante cujo nome é desalento. Sim: não há mais incandescência ou porquês e portantos ou impulsos ou pulsões. Agora, aqui, caminhando nesta praça que fica a duas quadras de casa. Digo um *oi* desajeitoso para dono também revelhusco de banca de revista, que me aconselha: *Aperta o passo: chuva chegando a trote rasgado.* Penso: independentemente da prolixidade do temporal, meus passos continuarão concisos. Meu problema não é excesso de água: é ausência de fogo.

*Às vezes medrado, às vezes apaziguado — sim: quando penso nela, morte. De uma coisa tenho certeza: envelhecer é se inundar de reminiscências.

*Eu? Vítima de pequenos abismos-ímãs atraindo ad nauseam meus passos desacautelados.

*Rezas nunca surtem efeito: inferioridade religiosa. Acho que há inconsistência teológica neles, meus titubeantes queixumes silenciosos. Possivelmente devo recorrer a deus qualquer da mitologia escandinava ou céltica talvez.

*Envelhecer é viver dos próprios balbucios. Mas o que tem me definhado aos poucos é o silêncio — meu próprio silêncio neste quarto de leituras e escritas cada vez mais rareadas. Incômoda esta tarefa de acumular tédio neles, não acontecimentos diários — sensaboria irremissível. Dias de perspectivas arquejantes. Eu? Agora eunuco platônico; desejos anódinos — no limiar da frigidez in totum. Ah, adianta nada essas dissimulações todas: alterar voz e maneiras para não ser reconhecido, esconder sentimentos, intenções, tentar se acobertar nas reticências, viver à sorrelfa: ela está logo ali, a duas, três quadras, se tanto, e já cravou os olhos em você — sim: ela, a desvantajosa a detestável a devastadora aquela do desfecho fatal. Jeito? Ficar na espreita, solidário comigo mesmo, ouvindo Billie Holiday.

*Agora, aqui, acostumando-me aos afagos ínfimos. Acostuma-se ao desamor — jeito talvez de se chegar à plenitude da saudade, de lapidar desconsolo, polir viuvez, apaziguar-se nas palavras.

*Maomé disse que Deus não tem filhos. E nós? Temos Deus?

*Não é tão desesperador como você imagina: minha vontade de viver cabe direitinho aqui na algibeira da calça. Desespero não é tão grande. Velhice? Atalho para se chegar ao fim de tudo — morte segue de perto rastro da decrepidez. Adianta nada se esconder nos porões do incógnito. Estou sendo injusto: décadas atrás me escondi atrás de santa Teresa de Ávila — mesmo assim morte me mostrou trailer dela mesma, cujo nome é infarto. Não me engano: Billie Holiday sempre foi minha carpideira. Também não consigo entender minha anatomia religiosa: não creio em Deus, mas acredito nela, santa Teresa de Ávila — ou será que procedo assim para, inconsciente, provocar ciúme Nele? Desconfio que sou refém do incognoscível. Sei que dia amanheceu outra vez modorrento. Sim: está cada vez mais difícil me entender com próprio cotidiano.

*Avarento... O mais ridículo, mais anedótico de todos os seres. Sovinice é paroxismo, culminância da patetice humana. Nem mesmo maior dos caricaturistas daria conta da feiura do sovina: sua fealdade é interior. Avarento é grotesco. Mas ele, se considerarmos sua obstinada sovinaria, não teme riso — mesmo assumindo com louvor, preeminência, zênite da ortodoxia do grotesco. Avareza: antítese da generosidade — deusa magnânima. Sovinice é antiestética; sovina, desprovido de simetria. Todo avarento carece de qualquer tipo de encantamento, é insípido. Se você disser tudo isso para ele, frente a frente, olho no olho, argumentará contrariamente em alto e bom som, dizendo que é previdente, anda com prumo na mão, comedido nos gastos, que se provém para dias de inverno e cousa e lousa. Sim: além de tudo, dissimulado.

*Agora, aqui, nonagenário, alheio aos devaneios da paixão, deixando que marasmo se perpetue.

*Bruno Schulz: Então, a época genial existiu ou não? É difícil responder. Sim e não. Porque há coisas que não podem acontecer totalmente, até o fim. São grandes e magníficas demais para caber num acontecimento.

*Ateu, sou ateu hipócrita: quando me refugio na quietude absoluta do quarto, rezo — mas sem esperar nenhum acontecimento teofânico. Há quem diga que Deus mora no pormenor. Santo Agostinho garante que Deus é anterior à manhã dos séculos.

*Ah, deixem-me em paz com minhas esquisitices. Exemplo? Quero morrer comendo nêsperas — e não sendo engolido pelas chamas do Etna à semelhança de Empédocles. Posso, distraído, deixar frigideira untada de azeite extravasar-se em chamas, mas jamais incendiar templo de Éfeso feito ele, Heróstrato. Deixem-me em paz com minhas esquisitices. Às vezes saio pelas ruas declamando baixinho versos capengas — mas não aterrorizo transeuntes com olho baço e cor escura de aspecto maligno à imitação de Petrônio, latino genuinamente despudorado aquele do *Satiricon*.

*Estiagem nela, minha lavoura amorosa — preciso inventar urgente sacrifício agrário qualquer. Coisas não andam bem para meu lado: preciso ter conversa urgente muito séria com certo Marduk que governa abismos.

*Inútil insistir: palavras amanheceram submersas no pântano dos tatibitates.

*Lembranças agora vão ficando velhas, nodosas, mas é inútil tentar resistir às provocações mnemônicas; injusto deixá-las ao relento: é preciso oferecer-lhes afago — mesmo quando chegam turvas, carcomidas. Consigo ver-ouvir desta mesa de confeitaria — fechando os olhos — tão-babalão dos sinos das igrejas dela, minha infância — hora do ângelus, cujos repiniques pareciam predestinados à feitura de minutos sagrados. Sensação de que todos os moradores se entregavam a certa emoção momentânea sem reticência — mutirão afetuoso invisível. Minutos comoventes até para criança de doze, treze anos, se tanto: impossível precisar idade aqui desta mesa de confeitaria quase oitenta anos depois. Sei que naqueles minutos de som sagrado, caos possivelmente se refugiava alhures; todas as maldades humanas se arrefeciam num armistício sonoro, badalejante — som semeando concórdia. Três, quatro minutos nos quais beija-flores, uníssonos, possivelmente bebericavam todos os polens disponíveis nos jardins da cidade. Sei que sons daqueles três sinos de tamanhos díspares se alastravam pelas avenidas e ruas e vielas e becos adentro. População toda parecia se constituir num único clã dos bem-aventurados. Sim: consigo agora me ver de cócoras no quintal de casa entretido entre badalejar dos sinos das igrejas e estralejar delas, minhas bolinhas de gude.

*Modo geral lanço mão de chiste qualquer para dissimular próprias limitações argumentativas. Ultima ratio stultorum — último recurso dos estultos.

*Eu? Acho que sou minha grande incógnita —
mas isso não me impede de, vez em quando,
seguir incólume de mim mesmo.

*Envelhecer é viver tempo todo prenhe de
noturnidade; é entrar amiúde nos próprios
calabouços; é esgarçar-se nas desarrumadas
rememorações; é se resvalar a todo instante
na coisa nenhuma, no oco, no absolutamente
nada — além dos sonhos salobros. Envelhecer?
Curioso lembrar agora das tais brumas espes-
sas cimerianas de que nos falou Homero. Ah,
lembrei-me também de Ferreira Gullar: Não
chorarei. Não há soluço maior que despedir-se
da vida.

*Minhas manhãs modo geral são solipsísticas;
minhas tardes, quase sempre coabitantes.

*Últimos meses caminho hesitante em dobrar esquinas: biografia já está atafulhada de ruas sem saída.

*Solidão aqui neste quarto-claustro tem sido grande demais. Agora há pouco procurei inútil heléboro em todos os cantos — heléboro, planta mitológica usada como remédio contra loucura. Desconfio que até ar aqui dentro sofreu degradação; sombra da luz do teto me parece atônita. Difícil entender contextura dele, meu isolamento. Não apenas eu, horas também parecem febris. Essa vozeria no corredor lá fora talvez sejam eles, extintos amigos, dando encontros uns nos outros para ver quem entra primeiro neste quarto. Desconfio que desfecho devastador deste naipe não havia sido previsto nem mesmo pelos deuses do desconsolo.

*Acho que vida toda fui visto de relance pelas mulheres.

*Ah, inventem logo inseticida para esta minha estranha e exótica e zumbidora saudade; ou talismã qualquer para trazer de volta (aquela que voltará nunca mais), ou, na pior das hipóteses, inventem hocus pocus alquímico de procedência duvidosa, pouco importa, para esvaecer minhas inquietudes. Ando cansado delas, altercações que tenho tido comigo mesmo — equívocos mútuos ou provocações gratuitas, possivelmente. Hoje concluo que vivi tempo todo em sursis. Velhice? Sístole e diástole, sístole e diástole, sístole e diástole, sisto...

*Nós sem Deus? E o que seria dele sem nós? Tudo isso, claro, se nós e ele existíssemos.

*Rima dolorosa: Choro baixinho para não assustar meu vizinho.

*Certas palavras não combinam umas com as outras: musgo e infância, por exemplo — com velhice, sim.

*Vida toda ciceroneado pelas deusas da derrocada in totum — entidades bem instruídas nas malvadezas, fazedoras de desventuras inumeráveis, seres malfazejos. Até meus lamentos eram anacrônicos; transformava em capital os próprios abismos; imaginava perpetuar autocomiseração. Agora essas figuras nefastas não me surpreendem mais. Pode parecer trocadilho idiota — é mesmo: todo trocadilho é idiota; mas, dizia eu, atualmente perco tudo, menos as estribeiras. Estoicismo tardio. Sei que elas, deusas da derrocada in totum, se comportam às vezes com excessivo moralismo: agorinha, por exemplo, me constrangeu com mais uma perda fazendo-me perder de vista moça (possivelmente 60 anos mais nova do que eu) que flertava comigo neste vagão de metrô atafulhado de gente. Petulância inominável. Nunca vão entender que é possível praticar antropofagia com o olhar.

*Às vezes caminho horas seguidas numa tentativa inútil de me desviar dos obuses implacáveis da desesperança; ou para driblar plangências inúteis.

*Minha vida? Sensação de que tem sido até agora espécie de revista sem projeto gráfico.

*Agora, aos noventa, tenho olhos abotoados para tempos que correm: vivo sob influência da mulher de Lot, sob ditames óticos dos demônios subterrâneos do passado. Velhice me deixou afeiçoado ao irrecuperável, ao pretérito — fuga senil talvez. Sei que envelhecer é se encharcar de reminiscências, apesar das reiteradas obliterações. Uma vez ela (aquela que voltará jamais), depois de ler livro de certo poeta contemporâneo, comentou, com sua tradicional agudeza de espírito: *Levando em conta precariedade poética generalizada, acredito que quase todos deveriam imitar Rimbaud, mas o Rimbaud da segunda fase, na qual poeta francês abandonou poesia para traficar armas no continente africano.*

*Envelhecer? Dar as costas para o futuro; reduzir possibilidades do possível.

*Às vezes sou surpreendido pela apatia me esbarrando de encontro à prostração; tolhido pelo desânimo; abrigando-me atrás do marasmo; reprimindo qualquer possibilidade de sorriso. Fosse pintor, lançaria mão das grisalhas, sim, pinturas monocromáticas em diferentes tonalidades de cinza. Minha apatia nunca nasce delas, ambições frustradas: sempre fui parcimonioso na querença. Possivelmente seja medo da reiteração da ausência do amor — cada vez mais reticenciosa. Possivelmente. Ou, quem sabe, medo deste coração aqui há tempos escamurrengado romper, ficar ao meio do caminho, me impedindo para sempre de andejar pelas ruas desta metrópole apressurada. Possivelmente. Sei que vivo horas entristecedoras nesta tarde tartarugosa que promete anoitecer a meio trote. Meu andar também é lento, sôfrego. Acho que vou pedir saquinho vazio ao pipoqueiro ali da esquina. Sim: depois de dirigir sopro para dentro do receptáculo de papel, estourá-lo de súbito rente ao ouvido de transeunte qualquer. Traquinice terapêutica.

*Não há nada mais burguês (*bêtise bourgeoise*) do que esta rotina de me sentar toda manhã à mesa de confeitaria luxuosa qualquer para escrever romances supostamente revolucionários.

*Vivo indeciso. Minha ortografia também.

*Gostaria de ter sido poeta romântico, mas meus amores foram todos panfletários.

*Saber envelhecer é saber conviver com resíduos de si mesmo.

*Consigo jeito nenhum caminhar pelas ruas desta metrópole apressurada com mesmo privilégio de invisibilidade dele, Ulisses: tenho nenhuma deusa habilíssima para verter sobre mim treva prodigiosa. Seja como for, mantenho olhar oblíquo para disfarçar inquietudes do coração. Caminhar para não doidejar. Por enquanto ainda sei que tentar entalhar o vento não é utopia, é doidejamento. Deusas da derrocada in totum também sabem — que é possível forjar, a todo instante, laços indesatáveis. Agora passam por mim dois africanos conversando em dialeto indecifrável. Surpresa nenhuma: hoje em dia tudo se me apresenta de maneira abstrusa. Aos noventa, ainda não consegui me preparar para heterodoxia. *O que há de errado no mundo? Eu*, responderia outra vez magistral Chesterton. Sei que continuo caminhando, sucumbindo-me diante do imponderável. Olhando bandeira nacional tremulando ali no mastro desconfio que não amo com fé e orgulho terra em que nasci. Minha rabugice segue seu curso com muita naturalidade. Sei que caminho para esquecer que vida toda vivi diante do problema da existência do vazio — do bolso vazio. Sim: nunca me afinei pelo mesmo diapasão dessa ciência triste de que nos falou Marx.

*Cidade cada vez mais violenta, mas modo geral sou assaltado pelas próprias dúvidas.

*Não é apenas agora, aos noventa: vida toda vivi com muito pouca ênfase; entusiasmos afônicos — gosto de lançar mão de analogias despropositadas. Temperamento? Absíntico, no sentido figurado: jamais experimentei absinto. Frustrações? Nunca ordenhei cabras nem vacas; nunca lancei provo-cações, desafiei touros; nunca (com perdão da palavra) singrei mares; nunca saltei de trampolim. Na infância? Não me lembro das coisas que não fiz — desconfio que nunca joguei bilboquê. Não fiz muita coisa que gostaria de ter feito — em contrapartida, pratiquei disparates às dúzias.

*Estou perdendo destreza para suportar cotidiano.

*Pedagógico? Sim: meus textos descambam amiúde para pedagogia do desconsolo.

*Esperança? Ventanejar ininterrupto jogando tempo todo ciscos nos meus olhos.

*Eu e meus extintos amigos? Criávamos atalhos mútuos para chegarmos mais cedo ao riso: excesso de conversas burlescas.

*Preciso criar imagem heráldica, símbolo pictórico que represente nobreza dela, minha solidão.

*Grande eterna iconoclastia ainda é caminhar de mãos dadas com ele, nosso grande amor, pelas calçadas alhures. Coisas belas da vida são modo geral fugidias, fogem à deriva — nosso ofício é procurá-las, sempre, incansável. Procurar. Mesmo que seja o indizível, o inominável. Eis verdadeiro encantamento da vida. Quantas vezes saí pelas ruas desta metrópole apressurada à procura de joaninha indefesa qualquer se arrastando fugidia da esteira de trator. Noutras ocasiões caminho, de igual maneira cabisbaixo, procurando chave com a qual seria possível fechar portas por onde escoam todas as malvadezas do mundo. Procurar. Nosso ofício é procurar, mesmo tendo quem sabe ilusão cristã segundo a qual tudo será encontrado de verdade depois da morte. Ontem, desesperado, solidão daquelas, procurei por todos os escaninhos dele, meu quarto, carta que ela (aquela que voltará jamais) nunca me escreveu. Convenhamos: tem certa pitada de encanto esta minha paranoia epistolar.

*Personagens dos meus livros modo geral têm final feliz — morrem.

*Agora, aqui, eu e meus gemidos inúteis neste cômodo-dormitório ancoradouro de lamúrias. Nada-ninguém para arrefecer medo da morte, medo do abandono — vivo tão só que até meus sonos são carentes de sonhos. Ela? Voltará nunca jamais — me deixou sem gravetos para refazer ninho. Acho que seria insólito ligar agora para 181, Disque-Denúncia, só para denunciar que solidão está me matando aos poucos.

*Não lembro exatamente quando — sei que velhice chegou no dia em que abandonei de vez as cabriolagens.

*Nasci predestinado aos destinos inconclusos.

*Gosto de sentir meus gemidos ardilosos entrando sorrateiros nelas, minhas frases de aspecto plangente.

*Caminhando pelas quadras de cemitério, pai lia em voz alta epitáfios para filho. Na saída da necrópole, garoto indagou: *Pai, onde enterram pessoas ruins?*

*Extintos amigos? Antítese do enfado.

*Fontainebleau... Sempre gostei do som desta palavra. Por favor: joguem minhas cinzas sobre a floresta de Fontainebleau. Pensando bem, melhor não: tenho medo de avião.

*Não é sempre que consigo enfrentar com altiveza engendramentos matreiros dele, meu destino.

*Palavra? Unguento com o qual dou unção aos meus reincidentes dias tediosos que poderiam ir num contínuo, num paroxismo patológico. Mas, digo-repito, lanço mão do vocábulo para tolher desenvolvimento da monotonia — sim:

quando me vejo à beira do abismo, agarro-me às palavras. Sensação de que fui educado sob influência do banzo, do ensombrecimento cotidiano. Afeiçoei-me às palavras muito tarde: septuagenário; vantagem? Já chegam amadurecidas, melancólicas também, mas serenas, evitando sempre atabalhoamentos linguísticos; reflexivas; ausentes de impulsividade, às vezes enigmáticas; desesperançosas sim, mas sem abrir mão da musicalidade. Sei que são solidárias comigo: disponibilidade absoluta — inclusive agora, neste momento em que não sei o que fazer com elas; possivelmente deixá-las aconchegadas descansando em seu leito-léxico cujo nome é dicionário.

*Livre-arbítrio? Não consigo lançar mão de coisa alguma sobre a qual não faço menor ideia do que seja.

*Escrevi outro trecho dele, *Romance léxico que Freud não escreveu*: Sim, cortei num átimo teia

da vida dela; tarântula do ciúme tripetrepe ras-
teja no meu peito; estalido do revólver continua
zunindo aqui neles, meus ouvidos; ciúme e suas
consequências fatais; é o apetite ardente à base
de cólera; são os delírios passionais mórbidos;
é exigência de posse exclusiva; quero morrer:
vida agora desnecessária. Última das hipóteses:
pedir para eles, deuses-do-esquecimento, imo-
bilização súbita de todas as faculdades. Deveria
ter vivido à semelhança dele, Leonardo genial,
aquele cujos afetos eram — segundo nosso inex-
cedível psicanalista vienense — condenados-
-submetidos ao instinto da pesquisa: ele não
amava nem odiava; mas se perguntava acerca da
origem-significado daquilo que deveria amar ou
odiar; parecia assim forçosamente indiferente ao
bem e ao mal, ao belo e ao horrível. Importante
dizer da diferença fundamental entre ela, minha
extinta deusa-jambo, e Capitu, onde a traição
não é explicitada mas intuída; olhos de ambas,
sim, eram de cigana oblíqua dissimulada; olhares enigmáticos; José Dias, empregado aquele
suscitou primeira mordida do ciúme insinuando que ela Capitu... Fronteira tênue: fantasia

imaginação certeza crença tanto por tanto tudo pairando no mesmo nível. Ciúme do poeta revelhusco aqui, sim: paranoia. Autoconfiança andava escaqueirada, fazendo-se em estilhaços. Sei: somos daquela espécie que ignora que a vida também carece de recuos táticos. Pensei nunca-jamais exercer cruéis extintos de ferocidade, mas, diacho, ciúme é ácido prússico dele, amor. Não sou claro conhecedor profundo das determinações patológicas do ciúme; sei dizer ex cathedra que ficava tempo todo na dependência exagerada da confirmação amorosa dela minha extinta deusa-jambo. Vienense aquele, causa determinante da existência dela, psicanálise, conta que esquivança do nome de pessoa morta é regra que se faz respeitar com extrema severidade entre tribos australianas e polinésias; que todos os que têm mesmo nome do defunto trocam-no por outro; sentem que pronunciar seu nome verdadeiro equivale a invocá-lo — o que seria rapidamente seguido de sua presença. Deusa--jambo... Sua fatalidade inquietante, verdade seja dita, exercia poder maléfico sobre homens e mulheres. Ela se ingressou cedo demais na solidão eterna. Ninguém escapou aos sortilégios da minha extinta deusa-arquétipo-da-mulher-fatal: se ele, Rembrandt, a conhecesse, frenesi pictórico seria daqueles; sim, era o Belo em figura de gente. Nós os ciumosos atuamos na condição de seres usucapientes, príncipes herdeiros; queremos sublocar a trouxe-mouxe coração do outro. Ciúme... Quando exerce soberania, perdemos incontinente nosso valor pessoal. Letó conheceu na pele peso da zelotipia quando Hera jurou que parto de sua rival não aconteceria em lugar algum onde sol brilhasse. Ciúme: motivo determinante dele, meu crime passional. Deusa-jambo me fez entender finalmente os tais sentimentos freudianos de inimizade contra o rival bem-sucedido; pertenci tempo todo à raça de Otelo; mas nele meu caso não houve engano causado por uma mente doentia instigada pelas insinuações maldosas de Iago: ela, deusa-jambo puh... Sei: todo homem já nasce desencontrado consigo mesmo; somos seres inconclusos. Sim: aceito restolho do seu cigarro. Deusa-jambo estivesse aqui diria com voz filípica: apre, meu doce avelhantado, lembre-

-se dela, sua tosse intermitente. Estalido dele, revólver, continua zunindo aqui neles, meus ouvidos. Você-eu somos executores algozes abutres tuques moloques sicários; respiramos vingança. Sim: malevolentes cada qual ao seu modo. Magistral mestre vienense aquele dizia que há incontáveis pessoas civilizadas que se recusam a cometer assassinato ou praticar incesto, mas que não se negam a satisfazer sua avareza, seus impulsos agressivos ou desejos sexuais e que não hesitam em prejudicar outras pessoas por meio da mentira da fraude da calúnia — desde que possam permanecer impunes. Sempre fui poeta impostor embusteiro charlatão. Ciúme: sentimento de pesar perturbado pelo temor dele, descaminho do objeto amado. Ferida narcísica, disse ele, austríaco aquele que submetia a alma humana a rigorosos interrogatórios. O ciumoso não ama de modo algum; não ama ninguém: só ama a si próprio. Desfavorável à boa vivência do amor. Ciúme, palavra de origem latina: zelumen; mas sua gênese tem raiz grega (zelus), fervor calor ardor intenso desejo. Somos todos vítimas das fraquezas, imperfeições humanas. Súbito varremos do cenário seres atraídos de modo irresistível. Somos, sim, despiedosos. Duplicidade de almas à maneira deles, Dr. Jekyll e Mr. Hyde. Viagem tangantante ufa. Sim: também estou, apre, garganta ressequida. Curioso lembrar agora dela, expressão cair água a cântaros. Entendi, conchavo conluio pacto qualquer coisa com ele anhanga para receber em troca agora trapejar de água de cachoeira nele, corpo todo: fausto-aquoso. Também concluiria acordo com ele, capiroto, mas para chamar à vida corpo jambístico incandescente dela, minha deusa.

*Caminho quase todo dia duas, três horas pelas ruas desta metrópole apressurada para driblar esmorecimento, lassidão. Descendo ladeiras, apenas ladeiras — consigo jeito nenhum descer dentro de mim mesmo à semelhança de Heráclito.

*Agora, nonagenário, vivendo em meio aos fluxos-refluxos do desconsolo. Desconfio que nasci predestinado aos fiascos aos naufrágios aos esforços improfícuos — sim: vivendo tempo todo sob preponderância da debacle. Contraditório, eu sei, mas acabo de chamar à memória aquele *estado infinito* de que nos falou Swedenborg referindo-se aos anjos. Desconfio também que deusas das derrocadas que regulam marcha dele, meu destino, são desprovidas de qualquer angelitude. Seja como for, ainda me resta prerrogativa mnemônica. Uma vez, discutindo História Antiga, ela (aquela que voltará jamais) observou, gracejando: *Todas as teorias sobre a possível existência de Atlântida foram por água abaixo.*

*Quase impossível ainda conservar no pensamento aqueles dias de infância numa pequena-
-bonita cidade interiorana. Sei que nele, meu estilingue, havia cicatrizes de vários assassinatos infantis; que prólogo, entrança nela, carreira etílica, aconteceu numa quermesse, atiçado pela recendência ambrosíaca daquela aguardente de cana fervida com gengibre, canela e açúcar — quentão. No grupo escolar, registrei,

garranchoso, em cadernos que se conservaram ocultos, acrósticos para dezenas de dulcineias infantes. Foi num banco de praça, às três, quatro horas da tarde, possivelmente, que ela, primeira namorada, encostou pela primeira vez, enternecedora, lábios dela nos meus — quase beijo pleno, absoluto. Sabia equilibrar pião na fieira; quebrar ao meio, numa única-certeira tacada com próprios dedos, bola de gude alheia. Possivelmente sabia outras coisas que foram mergulhadas no esquecimento. Hoje? Tento empinar palavras sem carretilha, ventos parcos, pouca linha — sim: voos tímidos.

*Ela me deixou para sempre — agora só me resta, todas as manhãs, representar diante do espelho pantomima do desdém.

*Vez em quando sinto vontade de escrever palavras estranhas, sonoras... Êmbolo, por exemplo — sim: pistom; cilindro que se move em vaivém no interior de seringas. Mas pode ser também, pasmem, nas aranhas, prolongamento delgado do ápice do aparelho copulador masculino. Quando dia me conduz para brenhas da estrabuleguice (outra palavra estranha), tenho hábito de ler dicionário abrindo-o ao acaso, a esmo, feito consultores diletantes da Bíblia. Também nesses momentos estrabulegas, sim, de doidice, fico pensando em contrariar Heráclito entrando duas vezes no mesmo rio.

*Sempre que penso em desistir de tudo, palavras me convencem a ficar mais um pouco.

*Caminho; continuo caminhando sem preocupação de contrariar determinação dos fados; talvez para me distanciar dos arrebatamentos mesquinhos — mesmo percebendo que todas veredas se tornam cada vez mais estreitas. Vivo quase sempre muito pouco preocupado em me precaver contra intempéries. Você sabe que amoras são vermelhas por causa de uma triste história de amor? Sei que continuo caminhando pelas ruas desta metrópole apressurada, apesar de perceber que meus passos ficam cada vez mais lentos, sôfregos, regateando distâncias. Quase sempre me angustio com ociosidade delas minhas manhãs. Sensação estranha: até meu olhar parece ocioso — exerço sentido da visão com indisfarçável preguiça. Interesse cada vez mais recôndito por tudo, todos. Apesar dos pesares, passos não perderam de vez sua solenidade: deixo-me pisar em falso de jeito nenhum — pés aprenderam arte de driblar tudo que existe ao rés do chão, principalmente tampinhas viradas pelo avesso. Curioso: agora quando caminho não cantarolo mais canção nenhuma para mim mesmo. Antes, sempre me pegava cantando clássico do cancioneiro popular. Cartola, por exemplo: *Ainda é cedo, amor, mal começaste a conhecer a vida*. Vida fica ainda mais desinteressante quando perde sua própria trilha sonora. Talvez seja impressão, não sei, desconfio que meus caminhos têm ficado cada vez mais movediços. Não será agora, depois de velho, que vou procurar álibis para o próprio rancor. Envelhecendo, lembranças também ficando mais concisas, epigramáticas; sofrendo implacável copidesque da esclerose. Morte ficando mais íntima. Vou mudar de calçada para fugir do paroxismo do desencanto; para não deixar que melancolia cinzele seu inesgotável poder sorumbático. Continuarei caminhando — eu e meus balbucios desconexos.

*Autor adoentado; texto também: ambos muito ofegantes.

*Se algum dia todo ser humano for obrigado a criar sua própria logomarca, antecipo meu símbolo visual: ?!

*Muitas vezes caminho às escondidas pelas ruas desta metrópole apressurada, escondendo-me de mim mesmo — gosto de jeito nenhum de caminhar comigo quando amanheço me esvaindo de inquietudes em manhãs de perspectivas destroçadas. Quando isso acontece (feito hoje), até meus passos parecem mais ausentes de cadências próprias: procuram imitar passadas alheias. Sei que são manhãs de enraivecimentos inúteis, embora seja sempre possível se aborrecer com um nada, um isto; manhãs de horas vindouras quase sempre apáticas. Sei também da inutilidade de tentar me desabitar de mim mesmo. Jeito? Lançar mão de resmungos incompreensíveis: ranzinzice ultrapassando colunas de Hércules. Depois de muitos anos de existência, parece que até esperança já foi também castigada pelas intempéries. Velhice? Árvore sem galhos nem córtex. Jeito? Driblar ociosidade caminhando a esmo — comigo mesmo. Tem outro jeito?

*Escrevi muitas cartas de amor — enviei nenhuma: nunca descubro CEP deles, amores platônicos.

*Eu? Tempo todo às voltas com meus gatafunhos, garatujas que tais — sempre a reboque delas, minhas inquietudes.

*Vida toda resvalando nos mal-entendidos: agorinha, moça morena, belíssima, parecia sorrir para mim. Parecia. Pena que também estava, na mesa de trás, no mesmo campo de visão dela, rapaz de igual beleza, possivelmente setenta anos mais novo do que eu.

*Eu? Triste Figura. Mais incompleto do que ele, original cervantesco: sem Sancho, sem Dulcineia, sem Rocinante. Há, no entanto, inegável similitude: ambos cortejados pelas improbabilidades; vivemos igualmente sem nenhum superior hierárquico — além do destrambelho.

*Para mim, Abundância é divindade alegórica sob figura de feia mulher com cabeça cingida de flores — murchas. Mas dispenso manifestação de piedade: capitalizo própria miséria. É a tal dignidade da desventura de que nos falou Borges. Seja como for, é inegável: arúspice moderno qualquer examinasse minhas entranhas, tiraria penca de maus presságios. Sim: gosto de render cultos solenes às deusas da derrocada in totum gastando meu latim, falando delas tempo quase todo — com certeza não são de origem latina, e seus nomes, por isso mesmo, não derivam de *faveo*, eu favoreço. Apesar dos pesares, alheio às minhas ranzinzices autocomiserativas, sol se manifesta esplendoroso nesta manhã de sábado — natureza esbanjando ourivesaria. Essa luminosidade toda parece que me deixa mais perto do adventício, da causalidade da sorte. Custa nada aventurar-se a conjecturas — mesmo sabendo que realejo foi relegado ao abandono. Esperança é divertimento inocente. Sei que gosto de caminhar olhando rosto daqueles que passam por mim — mesmo não tendo, à semelhança de Plotino, dom de ler caráter das pessoas pela fisionomia. Sei também que adiantaria nada ligar para 181, Disque--Denúncia, dizendo que estão matando todas as minhas possibilidades. Desalento acomoda-se de repente com naturalidade indescritível. É quando ando, caminho para deixar soar meus guizos melancólicos; também para sublimar minhas vulcânicas inclinações agressivas.

*Não amanheci preparado para visitação das palavras.

*Envelhecer é conviver amiúde com blecautes mnemônicos.

*Minha vida? Tediosa, sem mínimo de suspense: porta aqui dele, meu quarto, tem nem mesmo maçaneta para que eu possa ver-imaginar giro fantasmático dela.

*Caminho manhã toda para quem sabe fugir das próprias errâncias — no sentido duplo da palavra.

*Nada-ninguém, nem o desconhecido, o estranho, essas invisibilidades móbiles de angústias e inquietudes de todos os naipes, nada me confiscará a palavra — trilha sonora sem eclipse dele, meu solipsismo. Fosse autoridade qualquer, mandaria erguer numa praça pública monumento vigoroso à palavra. Bronze ou mármore? Tanto faz: ambas são naturalmente monumentais. Especializei-me em brunir palavras. Trabalho exaustivo. Exemplo? Consigo aplanar incansável vocábulo LOUCO até que, numa súbita metamorfose, se transforme em ZURUÓ, ou ZOROPITÓ. Outro? POBRE-DIABO; depois de bruni-lo exaustivamente, transformo-o em BANGALAFUMENGA. A expressão ORA BOLAS! em CATRÂMBIAS! Às vezes consigo acepilhar tanto uma frase até reduzi-la a uma única palavra: AGORA É TARDE, ACABOU-SE! em GROGOTÓ! Pensando melhor, não sou brunidor de palavras: consigo vivificá-las. Já ressuscitei várias: ZARATEMPÔ!, ESTRABULEGAS, TROUXE-MOUXE, ESCAMURRENGADO, PERENDENGUE, MATRAFONA, assim por diante. Polindo palavras horas seguidas, consigo torná-las mais exuberantes. Mais sonoras também. Acho que desenvangelizo vocábulos — sem abrir mão de matizá-los com indisfarçável exotismo.

*Sim: vou perdendo naturalmente entusiasmo por tudo, todos. Fui chama; hoje, faísca. Dizem que sabedoria chega com velhice, mas, diacho, fazer o quê com isso depois de velho? Não são mais saudáveis os tatibitates da juventude? Envelhecer possivelmente seja jeito que natureza encontrou para fazer de nós mesmos nosso próprio subterfúgio. Velhice? Brincadeira de mau gosto, passageira, mas de mau gosto. Inegável: ainda tenho emoção; caso contrário, escreveria mais nada. Acho que palavras hoje são para mim como são moinhos de vento para um certo senhor Quijada. Sei também que, quanto mais vivo, menos preparado fico para não viver nunca mais. Jeito é recordar. Lembranças atenuam velhice.

*Gosto de ser levado pela indolência — desvanecido vez em quando pelo não querer. Sei que logo irei para junto dos que são muitos. Aprendi cultivar displicência excêntrica, mesmo sem saber o que quero dizer com esta expressão: displicência excêntrica... Sei que agora vivo me desviando dos assédios da euforia, do êxtase, do deslumbramento, da sensibilidade — coleciono apatias; escamoteio louvores; aventuro-me no feitiço resplandecente do abstraimento. Apesar dos pesares (depois de muito tempo de existência temos sensação de sermos posteriores à eternidade), não vivo dias sombrios, desagradáveis. Gosto de dissimular estoicismo fugindo delas, inquietudes regeneradas, dando adeus às armas, às biliosidades, às malevolências. Hipóteses. Sei que nada sei sobre mim mesmo — Sócrates melhorado, se me permitem truanices. Conheço, se tanto, algumas metáforas a meu respeito. Sei também que meus embotamentos transcendem, não conhecem limites. Mas, apesar dos pesares, ando flertando vez em quando comigo mesmo.

Agora, aqui, refém dos eclipses amiúde da lembrança. Jorge de Lima disse que conheceu plantas para grudar memórias. Possivelmente poeta não tomou conhecimento de plantas para desgrudar assombramentos — sim: assombramentos da velhice. Sei que vou comprar chocalho qualquer hora dessas para desequilibrar silêncio deste quarto pequeno onde moro — explica-se porque paredes acolhem meus gemidos agônicos com mais aconchego.

*Eu? Descendente do desconsolo.

*Tempo todo que você fala comigo finjo estar acordado.

* Desconfio que sinos de igreja ainda tocam por onde passo para perpetuar minha infância — e seus clamores. Agora, aos noventa, percebo que palavras têm sido magnânimas comigo — mais do que nunca. Gosto deste nosso relacionamento às vezes orgíaco, às vezes purístico. Semana passada elas, palavras, chegaram contidas, dizendo: Hoje, dia frio, queremos nos aconchegar num epigrama.

*Deveria ter economizado todos meus risos para próprio velório.

*Sempre olhei vida de través. Tête-à-tête? Jeito nenhum.

*Depois de velho especializei-me (sem querer) nas esquivanças.

*Quem primeiro traduzir ipsis litteris olhares apaixonados escreverá primeira enciclopédia do amor.

*Ainda não vi nenhuma passeata saindo em defesa do realejo e seus periquitos prestidigitadores.

*Rancor, saudade, solidão — eis minhas persistentes e inseparáveis assombrações; exaustivo demais tentar driblá-las apenas com abstraimentos. Inútil qualquer esquivança diante dessas fantasmagorias. Sei da inutilidade de reinventar oceanos sem naufrágios. Desconfio que minhas lamúrias e plangências assentam como luva na voz dela, Billie Holiday. Sei que esperança foragiu faz tempo — vez em quando desalento entra mato adentro no encalço dela. Sei também que depois de velho dispensamos quase tudo — inclusive conjecturas.

*Chuva repentina, miúda, chega trazendo úmido sussurro da manhã, desorganizando meus passos. Ainda não parei para refletir sobre necessidade desse meu caminhar sistemático logo cedo — horas seguidas andando pelas ruas desta metrópole apressurada. Obsessão andarilha possivelmente. Acho que ando para driblar desvario sem febre, delírio intenso; caminho para dar alguma serenidade às tempestades interiores, aos estrangulamentos invisíveis, às turvações do espírito. Também talvez para fugir das inquietudes do coração — primum vivens, ultimum moriens. Sei que quando vejo multidão (feito agora) entrando-saindo pelas portas atafulhadas do metrô num empurra-empurra daqueles, penso nos soldados de Cadmo que se consumiram uns aos outros. Parece, ainda bem, que, por enquanto, executam tal empreitada metropolitana sem ira, sem clamor. Sei que ando para deixar próprio niilismo se esvaecer no nada. Hipóteses. Ou possivelmente para driblar aquilo que Areteu chamou de angústia perpétua da alma.

*Sim, plebeu, mas minhas atitudes modo geral não precisariam ter sido tão carentes de nobreza.

*Antes de ir-me embora preciso abolir rancores, ressentimentos; ranzinzice também, sim, ranzinzice aos cachos. Ah, eu e meus intermitentes queixumes. Conto com este fiapo de esperança — antes de ir-me embora. Sei que saudade às vezes (feito agora) exagera na feitura da insônia. Preciso entrar nos meandros da autocondescendência. Não há muito nexo neles, meus desagravos: depois dos noventa é natural viver esquivo de si mesmo, simulando remorsos; não consigo entender essa estranha coreografia deles, meus arrependimentos. Estranho viver palavreando com sombras do passado — ali, agora, na parede. Meus delírios não são, convenhamos, vistosos. Sei que depois de velho não é difícil fazer tal exercício contínuo de irrealidade de que nos falou Borges — comentando budismo.

*Cultivar perdas é empresa árdua, árida.

*Maioria das vezes passo manhãs inteiras escrevendo — ou melhor: praticando solidão superlativa.

*Agora, aqui, nesta mesa de confeitaria, reduzido a conjecturas; sei: meus questionamentos sobre natureza humana, na maioria das vezes, não são isentos de ingenuidade. Minhas apreciações críticas, quase sempre precipitadas, além de ingênuas, nunca são muito justas. Analista zambaio. Preciso me redimir formulando de novo platitude dele, meu olhar. Mas, justiça seja feita, não olho meu semelhante como quem está compondo tratado de moral prática — modo geral exagero nela, minha intolerância diante da estultice generalizadora. Sei também que minhas críticas estão atafulhadas de silogismos dialéticos. Agora, neste exato momento, digo para mim mesmo que aqueles dois sujeitos de terno e gravata sentados na mesa ao lado, há quase meia hora digitando teclado de seus respectivos celulares, sem trocar nenhuma palavra um com o outro, são dois sambangas nitidamente obnóxios, esquisitos, estranhos.

*Ganhei agora sorriso sub-reptício daquela moça ali na terceira mesa à direita. Surpreendências dos fragmentos do êxtase.

*Continuo perambulando para não mergulhar nas raízes do enfado. Às vezes dou caráter litúrgico às minhas andanças: rezo baixinho;

noutras, caminho procurando tendas de seres fazedores de sortilégios, cujas forças sobrenaturais seriam suficientes para afastar demônios ocultos do desamor que sequestraram minha amada imortal. Acredito que mais cedo, mais tarde elas, deusas da derrocada in totum, serão orientadas pelas Erínias, guardiãs da justiça.

*Extintos amigos? Um ajudava o outro a melhorar próprios argumentos. Amizade? Portal para comiserações mútuas.

*Velle e nolle — querer e desquerer. Quase sempre sou controverso, ambíguo. Enfrento litígios perpétuos comigo mesmo. Hoje vivo numa solitude forçosa, *recluso num ócio supersticioso*. Estava sempre com eles, extintos amigos trocistas-epigramatistas. Juntos, rompíamos dique da solidão. Nossas pilhérias nos faziam rir incontinente com mesmo automatismo do bocejo de um que faz outro bocejar. Juntos, exorcizávamos tristeza — mãe e filha da melancolia. Hipócrates disse que uma gera a outra, trilhando um círculo. Meus amigos, eu, juntos, apressávamos o riso; nunca comungamos verbo melancolizar. Éramos satíricos uns com os outros, nos atacávamos mutuamente, mas jamais pensamos em envenenar flores do nosso jardim para que abelhas do vizinho não buscassem mel nelas. Tínhamos, sim, nossas pequenas rivalidades, apesar disso não havia, entre nós, nenhum sapo querendo se inchar para ficar maior que um boi. Inútil negar quanto servilmente nos submetíamos às chacotas mútuas. Às vezes, jactanciosos, éramos, como se diz, inflados pelo saber. Altivezas imoderadas. Não tínhamos altivez daquela avó proustiana cujo sorriso não havia ironia senão para consigo mesma. Apesar de sermos, cada um, lepus galeatus, lebre usando elmo, não tínhamos humildade suficiente para nos orgulhar dela.

*Tenho medo: pode ser que qualquer momento aconteça desagregação geral das palavras, me impossibilitando de juntar frases numa cadeia de sequência lógica — cataclismo linguístico irreparável.

*Dias? Sempre me pregando peças: hoje não me aconteceu nada de ruim — por enquanto: terminei agorinha de tomar café da manhã.

*Há certa rudeza nesses acasos todos — modo geral soturnos. Melhor assim: dispensa nostalgias, evita-se desenterrar estultices pretéritas. Viver é muito embaraçoso: ah, esses tantos incontáveis amanheceres e anoiteceres sisifísticos. Inútil procurar culpados pelos desbotamentos deles, nossos retratos jogados num canto qualquer do baú da memória. Melhor assim: vira-se espelho contra parede para nunca mais refletir nosso rosto ruminoso deteriorado pelo uso. Sim: reprimir (dentro do possível) vestígios de nós mesmos — apesar de sabermos da impossibilidade de driblar desígnios.

*Viver? Não tive competência para este intrincado empreendimento. Eu? Whitman às avessas: nunca houve tanto fim como agora. Não vai dar tempo de passar a limpo todo este rascunho: foram noventa anos mal traçados, garranchosos demais. Todas lamentações são inóspitas. Minhas autocomiserações são incontroláveis. Não vai dar tempo de eu mesmo me desdenhar com mais acuidade, mais rigor. Não vai dar tempo de viver às escondidas de mim mesmo — nem quando me disfarço de escritor. Depois dos noventa esse possível joguinho psicanalítico personalizado de gato e rato vai perdendo de vez sua serventia.

*Tempo segue num trote rasgado, mas nada me preocupa mais do que perceber que há também certo mofo nelas, minhas palavras.

*Sensação de que passo tempo todo reivindicando seus afetos, meu possível futuro leitor. Desconfortável às vezes (feito agora) praticar tal interlocução invisível de mão única. Ah, só me restou você para alimentar fiapo de vaidade que ainda deixo escoar aqui nas entrelinhas. Restou-me você, que agora lê meus fragmentos — os mesmos que me ajudam a enfrentar com certa altiveza reiterados não acontecimentos dele, meu cotidiano. Façamos um trato: deixo por enquanto de escrever, você deixa por enquanto de me ler: ambos abriremos agora as *Folhas da Relva* dele, Walt Whitman, para elevar o nível dela, nossa invisível interlocução.

*Eu, sim, móbil de quase todas as minhas próprias chacotas.

*Inútil insistir: palavras já amanheceram à deriva.

*Olhos magoados, fala rancorosa, gestos equívocos, risos cínicos. Preciso abrir mão disso tudo em benefício da brandura. Chega de cotidianos belicosos, de reiterados azedumes trazendo consigo inquietude de insistente mal-estar. Dias ficam agônicos, fastidiosos. Minhas atitudes carecem de solenidade, de nobreza: há nitidez nele, meu ocaso — motivo de sobra para cobrir própria rabugice com camada de prata. Primeiro-importante passo: arrefecer ao máximo paixões e quimeras. Diacho é conseguir estoicismo deste naipe sem levar vida semelhante à dele, Robinson Crusoé. Sei que preciso praticar brandura no gesto, gracejo no olhar. Sei que continuo caminhando pelas ruas desta metrópole apressurada tentando inútil conter devaneios indecisos — eles próprios também em andrajos. Tenho simpatia fraternal por aquela mendiga ali da esquina, semana toda no mesmo lugar, resmoneando peditórios quase sempre infrutuosos. Nunca troquei palavrinha sequer com ela; modo geral passo movimentando alternadamente cabeça de um lado para outro: também vivo às migalhas. Filósofo Zenão errou quando disse que o vácuo não existe: nunca viu meus bolsos por dentro.

*Parodiando Pérsio, garanto que das minhas cinzas não nascerão violetas. Não é por obra do acaso que, frustrado, me debato num oceano de dúvidas, sim, debato-me na incerteza sobre própria cremação.

*Hoje cedo esperança chegou à revelia, contra minha própria vontade. Modo geral desilusão prepondera. Dia minguado para lides literárias: melancolia exigiu ponto facultativo. Sim, é ela quem preenche, espontânea, espaços vazios das minhas frases. Semana quase toda tentando escrever algo substancioso; nada, manhãs inteiras sete dias seguidos; obstinado, continuo tentando; sei que mais cedo, mais tarde, elas, palavras generosas, solidárias com meu esforço sobrenatural, organizando mutirão sintático, criarão frases a mancheias para mim. Ajuda quase imperceptível: são modestas. Muitas vezes oração chega móbil de ato falho qualquer; ou de trocadilho abominável; ou numa mistura de ambos. Sei que para autores do porte de Hermann Broch, por exemplo, chegam mais coesas; privilegiam sem pudor muitos autores. Isso fica claro quando leio Bruno Schulz: corporativismo delas em benefício deste polonês é invejável: criaram para ele frases com estruturas suntuosas que sempre convêm à corte dos mais nobres leitores. Para ambos escritores aqui citados, elas, palavras, trabalharam incansáveis, numa insaciável abastança de beleza desprovida de pedantismo — sempre vestidas a rigor, elas, palavras, possivelmente trabalharam para eles ao som da Nona Sinfonia de Beethoven.

*Vez em quando caminho horas seguidas numa tentativa inútil de afastar embrutecimento. Delírios, sim, se alternam amiúde.

*Seamus Heaney: Enquanto você se abaixa no chuveiro a água redime as inclinadas fontes de seus seios.

*Eu? Escritor invisível, cuja obra transformou-se nele, meu próprio anel de Giges.

*Escrevi mais um trecho dele, meu *Romance léxico que Freud não escreveu*: Cabeleira dela rente, talhada consoante rostinho fagueiro; olhos verdecência trêfega; lábios nec plus ultra; deusa alvoroço de esperança; formas suaves torneadas deslumbrativas. Veja: foto 3×4 dela, deusa alma de ilusões; sorriso talismânico; olhar flama de inteligência. Melhor rasgar. Tivesse talento descritivo dele, Kawabata, tracejaria horas seguidas sobre corpo conchegativo jambístico dela, minha deusa. Curioso lembrar agora dele, Stendhal: autor francês ao visitar catedral florentina de Santa Croce foi — diante de tamanha beleza — subitamente subjugado por um conjunto de desarticulados sintomas emocionais, incluindo tonturas palpitações cousa e lousa. Oportuno sublinhar de permeio que ele, Belo, me chama à memória Átropos — fiandeira aquela a quem não se pode escapar. No diálogo *O grande Hípias,* Sócrates diz páginas tantas que o Belo é aquilo que é benéfico; aquilo que produz o bem. Tomara mestre de Platão seja indulgente, nos releve, mas, convenhamos, não pensam assim todos aqueles que diante da beleza são tomados por esse estado mórbido caracterizado por um conjunto de sinais, sintomas stendhalianos. Mestre vienense, aquele rastreador da condição humana e suas angústias existenciais, dizia que fruição da beleza dispõe de qualidade peculiar de sentimento tenuemente intoxicante; ela não conta com emprego evidente; também não existe com clareza qualquer necessidade cultural sua; apesar disso civilização não pode dispensá-la. Viagem bazazel apre calor excruciante estrada trepidosa diacho. Pipoco dele, revólver, continua ribombando aqui neles, meus ouvidos. Sim: posso ler em voz alta trecho do livro dele, Kawabata, que trouxe comigo... Dentre todos os animais, somente a forma dos seios da mulher tenha adquirido, após longa evolução, um formato tão belo; o esplendor alcançado por eles não seria a própria glória resplandecente da história do ser humano?

*Lâmina dela, minha plaina, já foi mais afiada no desbaste, no alisamento das palavras. Desconfio que próprias referidas palavras daqueles tempos remotos se excitavam muito mais com gume aguçado da parte cortante de minha aplanadora de vocábulos. Agora, tímidas, se escondem nos escaninhos delas mesmas — entre vogal e consoantes. Além de perder volúpia, agora chegam desajeitadas, sem proporção, fora dos engonços — desengonçadas, construindo elas mesmas frases que tropeçam umas nas outras, desequilibrando parágrafos a torto e a direito. Sei que a despeito de tudo continuarei escrevendo — sem abrir mão do amargor balsâmico. Tudo para tentar, inútil, diminuir opacidade dos dias, meus dias. Escrever é negligenciar tédios — na pior das hipóteses. Pelo sim, pelo não, tenha cuidado comigo: escritor-predador, vivo tempo todo de tocaia atrás das palavras. Sempre sigo impulsos involuntários dela, minha mão, que, curiosamente, sempre procura caneta que procura palavra que procura frase que quase

sempre procura parágrafo que procura possivelmente ascese.

*Gracejo? Aquele pequeno-gratificante momento
em que diálogo sai de férias; bom gracejo, inteli-
gente, é sopro que balança rede. Cuidado: gracejo
em excesso pertence aos preguiçosos que não
querem trabalhar diálogos. Dependendo do lugar
em que acontece confabulação, certos gracejos
são inconvenientes. Num velório, por exemplo,
não seria oportuno contar para interlocutor chiste aquele do ato falho preferido por Freud. Sim:
historinha do marido que se aproxima da esposa,
afirmando: *Quando um de nós dois morrer, eu
irei para Paris.* Cuidado: gracejo pode ser fieira
do pião, ou lâmina da navalha. Seja como for, ele,
gracejo, é quase sempre pretexto para amortecer
diálogo; são suas prestigiosas piruetas; seu fiat
lux. Gracejo é fundamental — sobretudo quando
diálogo se torna fastidioso. É também jeito diplomático de decapitar tédio móbil dos argumentos
insípidos dele, seu insosso interlocutor.

*Pretendo que minhas palavras deixem rastros prateados — melhor ainda quando semelhantes aos vestígios lesmentos.

*Quando velhice vai batendo à nossa porta procuramos reconciliação com Maat, a verdade, a justiça — desnecessitamos de intérprete para falarmos com essa deusa egípcia. É quando também, por comodismo talvez, nos tornamos mais permeáveis à ordem natural das coisas: perde-se naturalmente turbulência, por exemplo. Aprendemos a abstrair com mais assiduidade; perdemos amiúde interesse em desemaranhar tramas de todos os gêneros.

*Conheço palavra que já nasceu com autossuficiência poética: iâmbico.

*Desconfio que desalento reincidente revigora meus textos de dimensões acanhadas. Minha ausência de luminosidade tem alquimia própria:

propicia-me inquietudes poéticas, prosas rústicas — tudo com muito pouca engenhosidade. Seja como for, reverencio meus fragmentos — minha prole. Serventia? Enxotar tédios. Meus retalhos literários me ajudam desacolher enfado. Descrentes também inventam rezas para exorcizar insistência do marasmo. Sei que faço de cada fragmento meu cantábile niilista.

*Sempre que abro dicionário ouço o *orai por nós* das palavras que mais cedo mais tarde cairão em desuso.

*Ando manhã quase toda chutando gravetos, tocos, tampinhas, na ilusão de estar enxotando malogros vindouros. Mas não vivo tempo todo sob eflúvios dos tempos adversos: vez em quando águas desse rio bancarroteiro são oportunamente represadas — possivelmente porque evito quase sempre que esperança cheire a mofo. Sei que caminho sobre ruas inúteis pensando nele, poeta-fazendeiro-do-ar, que nunca me abandonou no meio da orgia entre uma baiana e uma egípcia.

*Precisa tapar nariz não, rapaz, velhice é assim mesmo: catingosa.

*Eu? Em estado de vigília. Palavras? Ainda em estado sonambulesco.

*Sensação de estar sendo interrompido a intervalos regulares pelo crocitar de corvo invisível na janela deste quarto. Morte possivelmente enviando sinais sub-reptícios. Agora, aqui, co-optado pelo torpor; impossibilitado talvez de restaurar esperança amortecida, sem brilho; rodeado de estorvos para reacender perspectiva promissora. Síntese do desalento. Nestes momentos desprovidos de entusiasmo, costumo lançar mão de leituras que apaziguam, embrandecem desesperança. Abro agora ao acaso livro de contos dele, Dino Buzzatti. A moça disse: Gosto da vida, sabe? Como? Como disse? Disse que gosto da vida. Ah, sim? Explique isso, explique bem. Gosto, pronto, e me desagradaria muitíssimo deixá-la. Senhorita, explique-nos, é terrivelmente interessante... Ei! Vocês aí, venham ouvir vocês também, a senhorita aqui diz que gosta da vida.

*Palavras são meus amavios, meus hipômanes, meus quimbembeques. Ah, sim, explico melhor: são meus amuletos, meus talismãs, meus caduceus. Quando percebo que esmorecimento está ali na esquina, de tocaia atrás do poste, escrevo — mesmo que seja algo desprovido de interesse, feito agora.

*Olhar estreito, mas implacável, de lança em riste. Possivelmente entregue aos próprios recursos, evitando quem sabe conviver com seus semelhantes — esquivar-se da sobreposição das trivialidades do próprio cotidiano. Formulo hipóteses. Ela me olhou, contundente, apenas duas, três vezes, se tanto. Sua solidão me parece solene. Há nobreza no seu jeito de levar xícara de chá aos lábios. Olhar estreito? Possivelmente porque sabe da impossibilidade de reencontrar amor perdido. Doloroso enfrentar de perto inconsistência dos produtos da própria imaginação — sim: frente a frente com essa coisa ameaçadora cujo nome é quimera. Formulo hipóteses. Sei que fui fustigado pelo seu olhar estreito, mas implacável, também clandestino. Curioso: não me olha mais há pelo menos meia hora — possivelmente por causa de meu riso tímido, de nítida imbecilidade.

*Extintos amigos? Verve galhofeira; pavimentavam veredas que me levavam mais rápido à cidadela dos risos estrepitosos. Custa nada chamar à memória história fantástica da literatura italiana, aquela cujo gigante quando morre de rir, arcanjo Gabriel vem e diz que extinto rirá no outro mundo ad aeternum. Uma vez, contaram-me lenda mitológica segundo a qual só existia abutre fêmea: se detinha em meio ao voo, abria sua vagina e era fecundada pelo vento.

*Sua ausência? Deixa saudade que tece tristeza com certa resplandecência.

*Caminho agora para conter impulsões nervosas, quebrantar ânimos, enquadrar tais inquietudes no registro da complacência — atenuar destemperos. Caminho para imprimir mais impulso à minha vontade de praticar comedimento, conservar dentro dos limites; para que rabugice seja atassalhada sob meus próprios passos; para arrefecer brusquidão, colocar-me no compasso do apaziguamento. Sei que às vezes (feito agora) transformo andança numa solenidade mística, num prazer poético — acabo de declamar, sussurrante, este verso: *Verde que te quiero verde, verde viento, verdes ramas.* Acho que pensei de súbito em Federico García Lorca para deixar manhã menos dissimulada, menos oblíqua. Sei também que meus passos não preestabelecem roteiros: improvisamos atalhos e becos e trilhas. Caminho. Talvez apenas para seguir pegadas delas — as palavras.

*Não, você nunca vai me ver à meia-noite numa encruzilhada qualquer: durmo cedo. Ironia: sonho amiúde que estou numa encruzilhada qualquer — quando sinos badalejam por toda cidade anunciando meia-noite.

*Acho que depois dos noventa não é só minha memória que anda rareada: convicção íntima também.

*Semana toda procurando, impaciente, acontecimento para minha própria vida; à espera de qualquer coisa que pudesse fazer coração bater alvoroçado; que acendesse êxtases. Esses últimos sete dias de excessivo marasmo foram dilacerantes — acontecimento nenhum para chacoalhar o inalterável. Nenhuma possibilidade de fogo qualquer reduzir a cinzas todos os meus manuscritos — tempos modernos. Sinto certa desolação analógica, se assim posso dizer. Vivo à margem do *up to date*. Nostálgico, sim, tempo todo impelido pela nostalgia, esquivo às possibilidades inovadoras: ainda gosto de contemplar papel em branco sempre ávido de palavras. Conforme dizia, acontecimento nenhum semana toda. Quase nenhum: hoje, sábado, encerrando encontro literário, ouço senhor da plateia, que, ao se levantar, me diz, sem disfarçar própria emoção: *Saio hoje daqui carregando minha solidão com mais altiveza.*

*Às vezes percebo que minha melancolia não se basta a si mesma inventando para mim penca de derrocadas.

*Independência... Consagro inteira autonomia com relação ao inefável; vivo tempo quase todo no retiro sombrio das próprias palavras, no recanto das frases sempre ludibriosas, subestimando hipérboles, sublimação das perspectivas sobre-exaltadas de qualquer têmpera. Escrever é meu exercício lúdico. Existo independentemente do otimismo, à semelhança de minhas personagens — elas, eu, todos niilistas líricos. Desconfiamos uns dos outros, nutrimos suspeitas mútuas de igual intensidade — desconfianças também lúdicas, mesmo sabendo que somos de natureza igualmente insidiosa. Sei que elas, minhas personagens, e eu seguimos em frente com nossos devaneios indecisos — sem perder nossa substanciosidade pessimística.

*Sim, amor existe. Infelizmente não sei onde fica esse malfadado alhures — lugar no qual ele se esconde.

*Depois dos noventa tememos precipícios com mais assiduidade; desentranhamos amiúde em temores reincidentes. Iniciação das vagarezas de toda natureza, inclusive da tentativa de desanuviar inquietudes. É quando vida nos responde afirmativamente assim que lhe perguntamos se ela consegue afinal vislumbrar começo da dobra da foice ali, do outro lado da colina. Já estamos sob arcadas do pórtico da velhice — inútil tentar lançar mão do retrocedimento: caminho íngreme ladeira abaixo. Inegável: radiografia do desfecho dela, nossa existência, fica menos informe, menos indecisa. Jeito é praticar platitudes — feito agora.

*Acho que Deus brinca comigo me fazendo crer que Ele não existe. Parece que tudo começou nela, minha adolescência. Agora, depois de velho, me acostumei tanto que abro mão jeito nenhum dessa brincadeira.

*Estranho: há dois, três dias ouço nem mesmo um *oi* da adversidade.

*Às vezes fico dia todo numa mudez absoluta — sensação de ter deixado logo cedo palavras trancadas na gaveta do criado-mudo.

*Sempre desconfiei que esse jogo infantil de esconde-esconde não daria certo para nós adultos: todos os meus amigos se esconderam para sempre — possivelmente detrás de estrelas diferentes.

*Quase sempre impus a mim mesmo meus próprios embaraços.

*Tempos pretéritos são sempre mais radiosos? Mais substanciosos em bem-aventuranças? Possivelmente. Já caminhei outrora de mãos dadas pelas avenidas desta metrópole apressurada. Sei que depois de nove décadas de existência parece que todas as primaveras já nascem desvanecidas. Minhas palavras também chegam espalhando lamentos. Algo me parece óbvio: passado é sempre melhor porque perspectiva de nosso futuro era obviamente mais promissora — quanto maior nosso passado, menor nosso futuro. Velhice, além de trazer decrepitude, trouxe obviedades conclusivas. Em tempos pretéritos meus passos eram mais céleres — raciocínio também. Isso é muito pouco. Caso contrário, minhas recordações não seriam quase sempre tão sombrias. Ainda não descobri se gosto mesmo da vida — sentimentos complicados. Sei que algumas vezes, poucas, é verdade, meus olhos se resplandeceram com suas agradáveis surpreendências. Sim: vida tem lá seus gratos incidentes inesperados. Hoje, jovem de catorze, quinze anos, se tanto, disse-me, atencioso, a propósito de meu último romance: *Seu livro é uma lição de vida.*

*Sempre escrevo na primeira pessoa sem menor constrangimento: nunca estou em mim.

*Minha vida? Já foi menos pobre de significação. Quando? Difícil precisar: memória indo pelas vertentes.

*Últimas semanas? Manhãs atulhadas de inquietudes — palavras tempo todo arredias: não entram em conluio, contubérnio comigo quando me descambo para dissimulação.

*Viver? Empreendimento sisifístico. Temporárias... Vida toda me iludi pensando que minhas inquietudes pudessem ser temporárias. Não foi apenas dentro da existência propriamente dita, nunca me senti também muito à vontade dentro de mim mesmo. Agora aboli de vez urgências — até percalços chegam impregnados de lerdeza. Não é por obra do acaso que demoro muito para chegar até eu mesmo: vivo quase sempre nela, minha própria adjacência. Sei que envelhecer é cair num penhasco em câmera lenta. Dia hoje (além de tudo) amanheceu relampejante. Relâmpagos... Eles, sim, são temporários.

*Lucas, biógrafo de Espinosa, informa que seu biografado possuía qualidade tão estimável quanto rara em um filósofo: era extremamente limpo.

*Toda semana prometo tornar nulo, cindir próprias platitudes — inutilmente.

*Amanheci com pensamentos emaranhados — inquietude indescritível. Dúvidas se estendendo em leque. Mas nada que possa me assolar pelo pavor. Dúvidas existenciais. Sim: sobre esvaziamento paulatino dele, meu próprio ser; sobre própria superficialidade. Questionamentos que precedem tédio. Nada de prepotências incitando certezas. Encruzilhada cingida de dúvidas. Sempre assim: quando dia amanhece impregnado de apatia, jeito é caminhar, peripatético, ao lado delas, incertezas que se erguem em pilhas. Andar para esquecer que nove décadas de existência é fardo; que surpreendências da vida vão rareando a passos largos; que subir ruazinha íngreme sendo consumido por ofegância não muito desesperadora já é diabrura daquelas; que saio de casa toda manhã deixando futuro cabisbaixo, acocorado num canto qualquer do sótão. Dúvidas existenciais — amanheci me perguntando: a partir de que dia meus dias restantes serão todos senis?

*Descobri coisinhas com o passar do tempo. Exemplos? Que resignação não afrouxa melancolia; que não há hereditariedade na desilusão; que tédio desnecessita de arrazoados místicos; que minhas derrocadas foram muitas, mas não doeu muito em mim — nos outros sim. Sei também das inutilidades dos possíveis reajustes técnicos da velhice; que não há menor serventia qualquer tipo de apetrecho de guerra para combater imprevisibilidade das surpreendências do acaso; que Morte, inventora da fatalidade, vive às escondidas, de tocaia; que Vida, fonte do transitório, é de ostensibilidade de singular imodéstia. Descobri tudo isso — e mais uma coisinha: que não adianta absolutamente nada querer ser complacente com o imponderável.

*Semana toda percebi certo desatrelamento entre nós — sim: entre mim e palavras.

*Frágil, dubitativo: quando minhas inúmeras hipóteses se entrecruzam invariavelmente encontro solução única, infalível, numa única milagrosa palavra: analgésico.

*Memória fraca, perdi meus próprios rastros. Passado? Pantomímico — sim: cada vez mais difícil preservar-me do desmemoriamento truculento e obsceno ao mesmo tempo. Vivo refém das obscuridades, do nebuloso, das neblinas mnemônicas. Tudo lá atrás parece que ficou ainda mais longínquo: estilhaçaram meu espelho retrovisor. Passado agora desprovido de biografia — sobrou fresta para ver-recordar sorriso meigo dela (aquela que voltará jamais). Diferença? Agora me pareceu mais conciso — sim: sorriso conciso. Sei que agora tudo vai se estreitando, célere — estreiteza inflexível. Ainda não inventaram chocalho para despertar reminiscências. Hoje, completamente só, olho vida de soslaio. Concluindo: se não existir nada melhor do lado de lá, não valeu a pena ter vivido tudo isso do lado de cá. Eu? Não descarto também possibilidade de ser pessoa muito, muito mal-agradecida. Sei que fui vida inteira inexperiente: digo isso por experiência própria. Perde-se muita coisa na velhice; algumas providenciais: autoilusão, por exemplo. Sei que gostaria de terminar vida catalogando apenas aquietamentos contemporâneos.

*Às vezes sinto que minhas palavras estão em eterna convalescença. Ao contrário do que escrevinhadores afoitos imaginam, palavra não é argila fácil de ser moldada — precisa ter semelhança àquelas uvas do pintor grego Zêuxis: tão realistas que pássaros iam bicá-las.

*Percebo que certas palavras não encaixam bem na textura dela, minha melancolia — EXULTANTE, por exemplo.

*Ranzinzice não deixa arrefecer meu próprio desalento: um se alimenta do outro para driblar autofagia. Azedume recíproco. Vivo modo geral desalentado comigo mesmo: cometi estultices a mancheias vida afora; me prosternei incontáveis vezes diante da parvoíce. Agora, aqui, neste quarto fúnebre, procurando me adequar às impossibilidades; deixando lembrança desaguar numa inconveniência insuportável. Águas do Letes ficam muito longe daqui. Impossível me livrar deste tropel de vozes inquisidoras. Não precisaria esquecer de vez passado, mas, se elas, minhas diatribes, surgissem desfocadas ou à semelhança de silhuetas, já seria pouco menos desesperante. Impossível também me livrar (por enquanto) da sensação angustiosa de ser objeto de escárnio de mim mesmo. Consigo jeito nenhum ser original: até meus lampejos são fugidios.

*Minha Ariadne? Perdeu fio da meada.

*Entendo nada de psicologia-psicanálise, mas quase sempre sinto que minhas palavras se equilibram numa corda bamba entre consciente e inconsciente.

*Difícil me conter diante de minha incontrolável crise de arrogância. Farsa. Conheço-me bem: prepotência mascarada para encobrir constante atordoamento. Vivo atordoado pelo medo, pela insegurança, pela hesitação; medo de deixar às escâncaras próprio conhecimento insubsistente, fatiado, fragmentado. Arrogância tem camada fina, tênue, eu sei, não resiste a apenas perspicaz inquirição. Perguntinha substanciosa qualquer, ou até mesmo ingênua, infantil, desmancho-me em dúvidas atordoantes. Exemplo? *Para onde vai a luz quando desligamos o interruptor?* Viu? Eu... E você também, arrogante leitor, estamos juntos, ambos neste barco à deriva, numa desclaridade daquelas.

*Vez em quando entro numa rua, noutra, quando menos espero me desemboco na contramão do consenso.

*Velhice? Quando futuro se esfacela nas veredas do improvável.

*Solidão devastadora esta dos meus últimos anos: não é voluntária, penitencial. Transformação deste meu quarto num abrigo de eremita não foi feita segundo programa, não fiz preparativos: foi consequência da necessidade do destino, fatalidade, mas não é por obra do acaso que palavras são minhas oblações, meus responsos, minhas litanias — preces impregnadas de agnosticismo, se assim posso dizer. Sei que sou na maioria das vezes cerimonioso com própria solidão. Parece que palavras também: desconfio que, apesar de vivermos exilados uns nos outros, não seriam capazes de fomentar entre si insurreição para tomar poder in totum da solitude do próprio escrevinhador. Sei que esse quietismo, essa subserviência vocabular me incomoda: não nasci para comando absoluto de nada. Por outro lado, sei, não ignoro fato de que, não sendo ingênuas, elas, palavras, sabem que são de certo modo apenas meus devaneios, meu hall de entrada para o imaginário. Escrever é materializar solilóquios.

*Não gostaria que fosse assim, mas quase sempre meus textos já nascem descambando para profilaxia do próprio autor — que sou eu mesmo: literatura-autoprevenção.

*Caminho mais uma vez pelas ruas desta metrópole apressurada. Inútil lançar mão de grandes passadas, vejo-me obrigado a reconhecer: não posso me desembaraçar de mim mesmo. Agora, jeito é palmilhar veredas batidas, cair no costume, afeiçoar-me ao próprio EU: estou impossibilitado de criar duplo qualquer, mesmo que fosse coisinha de nada mais alto, pouca coisa mais corpulento, QI mais substancioso, olhos mais resplandecentes e cousa e lousa. Jeito é render-me à clemência dos vencedores, vergar-me ao prestígio da natureza, ir passo a passo, caminhar a meio trote: não posso me emprestar novo colorido.

*Meus textos às vezes são concisos, aforísticos, apesar de minhas certezas não serem igualmente lapidares.

*Acho que até últimos minutos da vida ainda é possível reconfigurar nossas opiniões — mas reconsiderar, por exemplo, sua eterna convicção segundo a qual UTI é lugar mais sombrio do hospital, que já é naturalmente sombrio, seria ir longe demais.

*Ferida não fecha. Não há etimologia que dê conta de explicar dor provocada pela ausência dela (aquela que voltará jamais). Vocábulo saudade aqui é quase pechisbeque: seria preciso criar palavra mais pedregosa, de conteúdo semântico mais substancioso, de densidade rochosa, monolítica. Difícil explicitar mal--aventura do desaparecimento definitivo da pessoa amada. Algo que provoca insuportável inquietude na alma. Carece de reinvenção gramatical — reinventar mais corrosiva de todas as palavras, possivelmente sinonímia de morte em vida. Difícil substantivar coma consciente, se assim posso dizer. Sei que ausência dela tem efeito de lâmina decapitadora. É transcendência do desalento, corte desprovido de cicatrização, desencanto que ausência se obstina em impor. Ah, minha amada, minha amada, agora vivo entretecido nas teias da melancolia —e seus utensílios angustiosos.

*Tentei algumas vezes — não deu certo: radicalismo delas, minhas personagens, impossibilita-as de lançar mão de frases ecumênicas.

*Desconfio que envelhecemos por inadvertência, alheamento do espírito — não encontro outra explicação para justificar tal aboloreci-mento estético. Os mais sábios poderão, quem sabe, dizer que tudo isso é móbil do malquerer do Inevitável. Sei que moça sorriu para mim agora, aqui na calçada — sorriso ornamental.

*São inúmeros motivos, mas desprezo dela foi o que mais contribuiu para meu apequenamento.

*Agora, aqui, sucumbindo-me ao peso da melancolia e sua fiel criadagem: desolação, enfado, macambuzice. Tédio atingindo plenitude marasmante com suas urdiduras desconsoladoras, provocando inquietude poética. Desalento? Noli me tangere, diria extinto amigo latinista. Sensação de que nunca mais farei voltar (ao estado primitivo) aqueles dias despojados de lugares-comuns. Nenhuma Calipso para, numa magia qualquer, parar o tempo, para fazer-me desconhecer velhice in extremis em dias vindouros e me garantir ventos propícios. Vivi quase sempre de contingências e acasos. As vicissitudes, as circunstâncias acidentais rastrearam minhas veredas vida afora. Sutis, muitas vezes terríveis imprevisibilidades. Sim: tempo quase todo subjugado aos caprichos das conjunturas, vítima deles, acontecimentos casuais. Poderia trazê-los todos a campo, citá-los ad nauseam: são inumerosos — seria fastidioso.

Ontem, caminhando distraído pela calçada, fui surpreendido, convertido ex abrupto em charco, vítima de motorista passando imprudente sobre poça d'água. Quando ameacei desfechar insultos, vejo carro parando, voltando ato contínuo. *Perdão, perdão,* ela disse-me, constrangida. Condutora do veículo? Senhorinha angelical. Sim: freira — possivelmente da ordem das carmelitas. Nunca vi as coisas com olhos da fé, mas, mostrar desrespeitoso, alcunhar sóror imperita no volante de zabaneira, marafona, ou coisa de igual jaez, seria ir longe demais.

*Se vez em quando *invento* frases que já foram criadas, culpa não é minha: possivelmente culpados sejam eles: Dante ou Kafka ou Cervantes ou Novalis ou Karl Kraus ou Musil ou Bruno Schulz.

*Sim, deselegantes... Extintos amigos e ela (aquela que voltará jamais) foram deselegantes comigo deixando-me completamente só. Deselegância deles, negligência do acaso. Deixaram meus dias estereotipados. Desintegração in extremis — tudo, até coesão dos meus passos se desfez. Fonte secou: inútil recorrer aos préstimos de radiestesista qualquer. Vida ficou fictícia. Acreditando em reencarnação, teria agora prazer de pensar numa revanche delituosa — indo da próxima vez primeiro do que todos eles. Ah, perda amnésica parcial reconfortante esta, dos tempos nonagenários: provoca intermitência na saudade. Agora vivo em poder dos estigmas e suas incansáveis estranhezas. Sei que, sem eles (amigos, amada), perdi de vez a ambiência.

*Há réstia de luz no fim do túnel — vaga-lume zarolho talvez.

*Estou preocupado comigo mesmo: mais uma semana desprovido de contradições.

*Sei que modo geral desagrada. Vivo tempo todo tentando reparar em vão perdas das boas frases esquecidas. Qual é minha verdadeira necessidade? Escrever é necessário? E amar? Sei que às vezes me escondo atrás de personagem desesperado à procura de grande amor. Jeito talvez de diluir próprias impossibilidades amorosas. Escrever é preciso, viver não é preciso, diriam alhures. Escrever para não ir voluntariamente além do peitoril da janela — refugio-me nas palavras, apesar de vez em quando me saturar delas. Sei que minha literatura necessita do inconcluso, do insuficiente, do insondável, dos longínquos inabitáveis. Possivelmente dos perjúrios também — e das obscuridades. Sei que palavras são minhas ervas enfeitiçadas; são degraus da escada sobre a qual desço ao reino das sombras. Minha verdadeira necessidade? Reinventar amores dentro dos meus livros para disfarçar malogros fora deles.

*Agora, aqui, numa das avenidas desta metrópole apressurada, caminhando solfejando

Bach para não permitir que este momento seja estilhaçado pelo rancor.

*É grotesco demais envelhecer sozinho. Desconfio que solidão excessiva provoca pieguice em demasia — degradação de tudo, inclusive da palavra. Esvaziamento incômodo. Fantasmagoria de mim mesmo. Olhando-me agora neste espelho percebo que até meu olhar ficou nauseante: renega próprio dono — olhos órfãos, se assim posso dizer para ampliar pieguismo. Sei que nada mais, nem mesmo minha autocomiseração, me causa espanto. Tudo se banalizou, até vicissitudes. Desalento? Sempre se insinuando sombrio. Sim: tornei-me inadaptado para o dia a dia. Agora, apenas Billie, somente voz de Billie Holiday me faz esquecer da artificialidade, melhor dizendo, me faz esquecer dele, meu arremedo de vida. Lady Day substancia minha solidão, dá certa altiveza à minha melancolia. Curioso chamar à memória personagem aquela de André Gide: não tendo coragem de se matar, decide que está morto.

*Eu? Bricabraquista das palavras.

*Lamento: minha afoiteza dispensa pressupostos.

*Assombro... Depois de nove décadas de existência, raramente me sucumbo diante do grande espanto — vivo fora das malhas da perplexidade. Gosto de lançar mão das analogias: perto do monumental estrondo de Hiroshima, por exemplo, todos os trovões, juntos, hoje são simples estalar de lêndea prensada entre duas unhas. Nada, nem mesmo desamparo, meu desamparo in totum, me assombra — tiro proveito. Tudo me exorta à inexorável resignação. Estoicismo? Não: cansaço — rendendo-me aos anos, deixando perplexidez se imolar a si própria. Altiveza anciã talvez. Envelhecer é dar adeus às sobrancerias de todos os naipes. Vivo tempo quase todo absorvido pela indiferença — liberto da estupefação. Imobilidade quase plena. Percebo que depois de viver tanto tempo me transformei em meu próprio cativeiro — embora desconfortável dentro de mim mesmo. Assombro... Meu descaso, meu desinteresse por quase tudo que acontece no mundo, às vezes, sim, me assombra.

*Nos meus livros? Verdades astuciosamente elaboradas que acabam virando mentiras.

*Transcendência... Ainda não consegui ultrapassar radicalmente a realidade sensível nem mesmo para entender verdadeiro significado desta palavra: transcendência.

*Envelhecer? Desdenhar o a posteriori. Inútil tomar precauções contra o inevitável — sim: a decrepitude. Envelhecer é conviver amiúde com o próprio destoamento, com inadequações de todas as latitudes. Minha velhice está impregnada de desconfortos anacrônicos, impregnada de impossibilidades. Amanhece, anoitece com mesma aridez — inócua qualquer tentativa de sublimar conjecturas prováveis, perspectivas razoáveis. Meu desalento é empedernido.

Desconfio que fui jogado para os confins de Pasárgada qualquer na qual me reduziram a zumbi. Não é ético, não é estético envelhecer — velhice é empreendimento natimorto. Caminho para ocaso é insubornável. Sei também da inutilidade de todos esbravejamentos possíveis. Dias ficaram ausentes de significação. Pântano... Envelhecer é muito pantanoso. Desconfio que tudo em mim ficou obsoleto — inclusive ranzinzice.

*Metade dela, minha vida? Cometi diatribes grosseiras contra mim mesmo, tendo discussões exaltadas principalmente com próprio fígado: glândula gordurosa em questão nunca recebeu, resignante, meus despropositados etílicos.

*Vou morrer sem entender direito métodos pedagógicos da primeira, segunda e, principalmente, da terceira idade.

*Às vezes procuro fazer dele, meu assobio, bandagem para minha melancolia. Inútil: estado afetivo de desencanto geral é austero demais para se sensibilizar com meus ímpetos assobiantes — mesmo quando (feito agora), aqui na calçada, reproduzo trechos das Bachianas de Villa-Lobos. Seja como for, não podemos represar reprimir aquilo que surge sem nossa reflexão, maquinalmente. Sim: ainda não perdi hábito de, vez em quando, assobiar na rua. Sei que som cada dia se apresenta ainda mais frouxo, entrecortado: móbil da excessiva ofegância. Assobio relapso — tudo em mim já teve mais astúcia, principalmente meus queixumes, mas não posso reprimi-los in totum, apesar das advertências dos deuses da compostura. Preciso dar modulação orgíaca nelas, minhas lamúrias: não pertenço mais aos tempos dos constrangimentos.

*Conhecia tosse convulsa, tosse comprida, tosse rouca... Descobri nova — esta pela qual agora fui acometido: tosse premonitória.

*No cortejo subserviente dela, minha melancolia, aparecem muitos versos trôpegos, capengas — de pés-quebrados.

*Ah, melancolia e suas engrenagens imprimindo movimento aos eixos rotativos do desalento — este no qual minha literatura recosta-se, prazerosa; autocomplacência pousando sobre si mesma em forma de vocábulos, incansáveis legisladores dele, meu amorfo cotidiano. Palavras-uivo, palavras-lamento; às vezes ouço estalido delas, aquelas de secura inconteste. Sei que há relacionamento amistoso entre autor, desalento e palavras. Não é por obra do acaso que quase sempre frases chegam soluçadas. Formamos trio de indiscutível artificialidade. Sei também que palavra mais pungente que escrevi ninguém poderá ler: desde que ela (aquela que voltará jamais) me deixou, há esta placa invisível nele, meu peito: AUSENTE.

*Ateu é aquele que acredita que derrotou o Inexistente?

*Desconfio que meu ex abrupto entusiasmo místico seja móbil dela, hipocrisia da velhice — ou medo da morte, possivelmente.

*Agora, torço para que quietude deste quarto não se volatize. Deixo rádio de jazz ligada num som quase imperceptível, a meia voz, sussurrante. Leio *A morte de Virgílio*. Sim: Hermann Broch. Parece que até grilos recolheram-se aos bastidores. *As ruas em que desfilavam milhões de anos surgiam como feixes de raios sem qualquer rumo, traziam o infinito e levavam o finito até a mais extrema eternidade.* Billie Holiday canta à socapa. Ela, eu, Hermann, juntos, tentando estancar tempo — mesmo sabendo que amanhecer não pode ser protelável. *Ninguém ri em sonho, ninguém ri onde não há saída, é impossível fazer explodir a prisão do sonho. Oh, quem ousaria rir se a própria rebeldia emudeceu?* Leio Broch, ouço Billie. É madrugada. Que romper da manhã fique para as calendas gregas.

*Memória? Cada vez mais enfraquecida: deusa Amnésia expropriou grande parte dele, meu passado.

*Não fui capaz de domar afoiteza dos amigos que insistiram em ir primeiro: foram.

*Adianta nada calafetar fendas, frestas de portas e janelas deste quarto: ressentimentos nonagenários escoam assim mesmo — cômodo pequeno demais para caber tanto rancor. Vida quase toda consagrada ao deslocamento: muitos milhares de dias defeituosos, tediosos também. Difícil traçar geografia precisa dele, meu passado: olhando agora para trás vejo cacto solitário nesta vastidão gretada — miragem talvez. Haja trovadores para cantar estorricamento do sem-fim desse chão pretérito, cujo predomínio é devastação. Meu passado? Quilombo dizimado — tudo suscitando enxame de revoltas e rancores. Sei da inutilidade de todas essas exumações mnemônicas. Inegável:

palavra é meu mirante. Sei que envelhecer é tornar-se exímio fazedor de apatias.

*Não posso, não devo lidar com palavras da mesma maneira rotineira monótona sem entusiasmo de pároco qualquer que volta e meia esparge bocejos nave afora do alto do púlpito.

*Fui precipitado: envelheci muito antes de conhecer você.

*Tenho sido vítima nos últimos dias de trepidações da fala. Não é por obra do acaso que fiquei de repente mais recluso, ainda conservando-me na obscuridade, conversando amiúde apenas comigo mesmo. Timent de non timendis. Sim: talvez esteja temendo coisas que não são temíveis. Preocupação tola, ridícula, pueril: não posso deixar que eventuais gagueiras empurrem-me para dentro da gruta de Trofônio. Sei que não posso viver escondido neste quarto ou em cavernas ou rochas ou dentro de árvores ocas. Dizem alhures que há males para os quais não se deve buscar cura: eles nos protegem contra males mais graves. Possivelmente. Agora, até minhas convicções parecem gaguejadoras, ta-tibitates, titubeantes, tudo me parece obscuro, inapreensível. Preciso, urgente, de elixir da parolagem, da algaravia; ou filtro qualquer para reaver desembaraço verbal — deixar de vez de fatiar palavras criando frase cuja expectativa de desfecho é sempre de indisfarçável enfado--angústia para possíveis interlocutores. Sim: recuperar revoluteios dos vocábulos sonoros — voltar a pronunciar num átimo, sem solavancos, ban-ga-la-fu-men-ga, por exemplo. Não deixar que elas, palavras, fiquem nunca mais desassis-tidas de fluidez.

*Ao contrário de Dionísio, que nasceu duas vezes em Tebas, desconfio que não nasci vez nenhuma em lugar algum.

*Às vezes, incontroláveis, palavras surgem páginas adentro semeando melancolia.

*Se fôssemos verdadeiramente astutos, envelheceríamos jamais. Velhice é lugarejo sombrio, abandonado, cheio de ruelas escusas, becos obscuros, topografia despropositada — cidadela dos destroços, precária de perspectivas. Vez em quando é possível ouvir (vindo sabe-se lá de onde) o tão-babalão de sino deteriorado pelo uso, de débil percussão. Nessa cidadela coberta de nuvens umbrosas, cujo nome é velhice, até a atmosfera é rude com seus zumbis desdentados, reumáticos. Vantagem? Lugar no qual estão abolidos os modismos, os burburinhos, as turbulências, os rufares dos tambores, os tremulares das bandeiras, as intrepidezas. O imóvel de maior destaque, o mais penumbroso do lugarejo, é este aqui — sim: GALPÃO DAS PERDAS.

*Desconfio que minhas palavras também estão ficando grisalhas.

*Depois de certo tempo dela, minha vida, parece quase sempre que estou caminhando, trilhando trajetos em sentido inverso — tudo fica de difícil acesso, suscitando embaraços, provocando tropeços, dando de encontro amiúde a obstáculos imprevistos. Depois dos noventa, além do mais, vítima de surpreendentes ataques relâmpagos de labirintite, chão fica insolente com minha longevidade, minha madurez — sinto-me alvo das zombarias do inopinado; acaso me atinge de ricochete, trazendo-me desassossego, desorientação. Cérebro num átimo começa com suas relampejantes circunvoluções, colocando-me numa roda-gigante invisível, personalizada — dez, quinze segundos de corrupios tensivos. Não, você possivelmente não sabe o que é viver sem direção ou objetivo determinado — viver às tontas.

*Vez em quando penso em coisas absurdamente poéticas: Alguém já teria imaginado, por exemplo, em nomear filho de Tarde da Silva Brisa?

*Preciso praticar estoicismo para tanger minhas inquietudes, que se apresentam cada vez mais consistentes, criando personalidades próprias — não é por obra do acaso que elas, inquietudes, me deixam desamparado, confuso, são desassossegos móbiles desse empreendimento fatídico, cujo nome é velhice. Talvez seja reconfortante imaginar que esses afligimentos são todos eles sublimes.

*Durante vinte e cinco anos vivi tempo quase todo embriagado. Vida fictícia. Logo, desnecessário, inócuo, pensar em chorar juventude perdida ou entoar louvores para tempos de idades primaveris, em que dias foram, para maioria, olhando a distância, todos eles ajardinados. Foi apenas depois dos quarenta e cinco anos de existência que comecei a ver as coisas à minha volta com menos embaralhamento, cujos contornos, antes, nunca estavam nitidamente definidos. Foram quase três décadas de imitação burlesca daquilo que se pode chamar de substratum, de concretude existencial. Sim: vida caricaturesca.

Ironia: vez em quando, até hoje, torço para que aquele meu antigo bruega, que era eu mesmo, atue em mim com seu pretérito humanismo, sua pretérita compaixão, seu pretérito solidarismo. Pode parecer contraditório: naquela época eu era mais lúcido — em todos os recantos do enternecimento.

*Velhice? Quando lusco-fusco predomina.

*Eu? Proprietário de melancolia civilizada, provedora, que excita todo instante minha sensibilidade narrativa. Inegável vileza: lanço mão da própria angústia para arregimentar palavras — cuido, sim, delas, mas sou muito descuidoso comigo mesmo: aspereza desnecessária. Sei que procurar entender a mim mesmo é um deles, meus labores preferidos. O não me encontrar talvez seja apenas mais um incidente dela, minha longa vida. De qualquer forma, gosto de lidar com meus próprios vestígios.

*Ventania... Lá fora; aqui, neste quarto, apenas sopro desajeitado da ofegância — um dos muitos tropeços coronarianos, além de se metamorfosear em trilha sonora de minhas inúteis recordações. Nunca vou entender direito arquitetura sombria da saudade, insufladora do desconsolo, triunfo inconteste da impotência, objeto simbólico de minha angústia. Às vezes esse sentimento melancólico de incompletude torna-se táctil quando (por exemplo) entro nas veredas de poema qualquer que flerta de repente com minhas próprias inquietudes mnemônicas.

*Palavras desentocam minhas inquietudes.

*É preciso antisseptizar, urgente, esta manhã prenunciadora de horas amarfanhadas: céu amanheceu numa negrura daquelas — cartão-postal preferido dos melancólicos embotados de plantão. Não chego a tanto: sou avesso aos dias prometedores de imprevisíveis, fulminantes descargas elétricas. Paranoia que própria infância me deixou de herança: agorinha cobri como antigamente todos os espelhos da casa. Superstição? Ainda não tive curiosidade em perguntar para quem cuja profissão determinada é cuidar dessas brabezas atmosféricas. Seja como for, neto cultor da disciplina, vou nunca-jamais negligenciar prevenções póstumas deles, meus avós. Pelo sim, pelo não, seguindo seus longínquos conselhos, consigo recuar fronteiras do medo. Sei que dia amanheceu medonho, trazendo consigo plenitude do desalento, eclipsando possíveis regozijos ou exultações ou qualquer outra manifestação de caráter prazenteiro. Mas, de repente, encontrei meia hora atrás jeito sorrateiro de afrontar esta macambuzice matinal, sentando-me nesta poltrona, abrindo este livro dele, Kazantzákis. Estou agora no momento em que niilismo se radicaliza: narrador incita leitor-discípulo a dizer a si próprio que não existe nada, que matéria e mente são dois fantasmas inexistentes. *Não espero nada, não temo nada, libertei-me da mente e do coração, subi mais alto, sou livre.* Pena: esses ruídos ensurdecedores, estrondosos, trovejantes, provocados por descarga elétrica na atmosfera, esses raios caindo possivelmente a apenas duas quadras daqui, não permitem neste instante que eu me dedique ao exercício das mais altas virtudes, acesso a um estado superior, a uma consciência purificada das ilusões do mundo; sim: alcançar prática perfeita exigida pelo narrador deste livro cujo título é, naturalmente, *Ascese*.

*Na maioria das vezes abro janela logo cedo, desconfiando que há certo empirismo em tudo que vejo lá fora. Hoje, além de empírico, diáfano — vagueza irredutível. Acostumei-me com esse nunc stans, agora permanente, do tédio. Sei que abrir janela não me garante arejamento de nenhuma natureza. Indisfarçável minha vocação para o não apaziguamento interior — sensatez sempre saindo dos trilhos; diatribes veladas que perpetro contra mim mesmo.

*Muitas vezes frases rangem: culpa delas, palavras emperradas.

*Não acontece nada; melhor assim: minha literatura vive dos desacontecimentos — e dela, minha melancolia, que, me perdoem os demais melancólicos, tem relevo próprio. Relevo sob o qual palavras nunca se dispersam, se substanciam prazerosas de desalento. Relevo-muralha sobre o qual alentos e ânimos não podem escalar. Minhas palavras, protegidas resguardadas por essas saliências, nunca se exaltam — parodiando Borges: ainda bem que pudor estoico já havia sido inventado. Sei que minhas palavras-melancolia vão despendurando da memória todo tempo perdas pretéritas: nostalgia pertinaz, sem interferência das águas do Letes para confundir tais reminiscências. Acho que estou mentindo para mim mesmo — deve ser causa dela, minha perícia no labor de representar. Verdade? Venho há muito tempo adestrando-me em questões obliterantes — tudo descambando para o recôndito, para o longínquo, muito longínquo também: despovoamento mnemônico. Parece-me que em algum tempo dele, meu passado, vivi dias de inegável reluzência. Velhice trouxe-me tudo — inclusive incertezas caóticas entre sonhos e vigília. Desconfio que minha própria biografia e eu somos apócrifos.

*Morte — mais conciso de todos os epigramas obscenos.

*Acho que vou morrer sem conseguir aprimorar meu rancor — desconfio que lacunas mne-mônicas colaboram para isso: esquecimentos alternados me ajudam a acreditar, ingênuo, nas supostas inverossimilhanças pretéritas. Meu rancor estancou hoje; aos noventa, procuro olhar de relance para o passado — quando não consigo, sobe de súbito alguns graus centígrados temperatura rancorosa. Quanto mais envelheço, mais me torno inteligível para mim mesmo. Jeito? Tornar-me arauto da própria senilidade. Nela, minha velhice, dias ficam indigestos — não pioram mais porque vez em quando pratico autozombarias para meu cotidiano não perder rima, ritmo. Gosto de impingir a mim mesmo suplícios zombeteiros de todos os jeitos, todos os meus Eus me consideram igualmente beócio resmungador: não fazem parte de minha lista pessoal de aduladores.

*Às vezes fico quieto em casa, escondido nas reentrâncias da saudade.

*Meus passos já foram ruidosos: foi quando, décadas atrás, arrastava guizos da altiveza. Hoje? Sobrancerias esfumadas. Envelhecer? Perceber de repente que perspectivas de toda natureza perderam próprios alicerces. O que resta? Litania do desconsolo — na voz dela, Billie. Vantagem do envelhecimento? Solavanco mais nenhum — além deles, inesperados súbitos soluços.

*Estiolar... Nem sempre tenho oportunidade de lançar mão de certas palavras oportunas. Estiolar... É preciso conhecer caminhos das palavras, segui-las pari passu. Às vezes são arredias, se

embrenham em veredas intrincáveis. Estiolar...
Sim: debilitar-se, enfraquecer-se. Estou errado:
são as palavras que conhecem nossos caminhos.
Estiolar... Esta finalmente me alcançou — depois
de ficar quase noventa anos nele, meu rastro.
Sensato seria viver à revelia do acaso, ou, no
meu caso, à revelia do ocaso. Jogo de palavras,
sim, mas também uma solução.

*Décadas atrás escrevi miniconto mostrando
casal de urubus num desconsolo daqueles: filho caçula, caso perdido, viciado em legumes e
frutas frescas.

*Acho que sou vítima eterna de melancolia ali-
terativa — sempre descambando para a prosa
sonora.

*O mais inquietante? Este indício inconteste da
perpetuidade do desconsolo.

*Quanto mais envelheço, maior indiferença pelas coisas do passado que se perdem nos desvãos da deslembrança. Difícil trazer à tona juventude aquela de seis sete décadas atrás, agora mergulhada no esquecimento. Parece que naquela época conseguia armar meu lirismo contra o niilismo. Parece que acreditava na pouca distância, na proximidade do grande amor, ignorando sua real moradia: alhures. Parece que acreditava na possibilidade de viver alheio às próprias culpas. Parece que acreditava na inexistência dos pântanos, das areias movediças. Parece que tive alguns pesadelos — sonhos incômodos, logo esquecidos, abafados pelo crepitar das torradas servidas no café da manhã. No frescor dela, minha existência, nenhuma rua me parecia sinuosa, labiríntica. Ignorava quase tudo — inclusive geometria hermética deles, meus caminhos futuros. Parece que vivia certo da impossibilidade de criar algo que pudesse vedar minhas saídas à procura de sonhos quixotescos. Parece que ignorava todas as ambiguidades da vida — naqueles tempos acho que meus passos tornavam refulgentes próprios caminhos; juventude possui luz própria; é espontânea, tecedeira natural de esperança; seu próprio frescor esconjura morte. Hipóteses. Quase tudo já se perdeu nos desvãos da deslembrança.

*Muitas vezes sou infelizmente bélico demais. Desconfio que em vidas passadas fui aquele capitão da Boêmia que, além de lutar bravamente enquanto viveu, doou própria pele, depois de morto, para fazer tambor para serviço de guerra.

*Excruciante... Vou impor nome de excruciante... Sim: estou falando da sintaxe arbitrária dela, minha solidão. Não sei qual foi minha intenção ao dizer isso, mas gostei: sintaxe arbitrária.

*Coerente, vida toda fui leigo em todos os assuntos.

*Melancolia continua, irrefreável, aplainando terreno do desconsolo. Novidade nenhuma: sensação de que já nasci com disposição natural, espontânea, sim, inclinação para desencanto quase geral — exceção quando obtenho vez em quando efeitos estilísticos nela, minha prosa, criando frases aliterantes. Sim: melancólico melodioso. Procuro, dentro do possível, ser minimamente desrespeitoso com próprias frases. Ao contrário da vida lá fora, quando estou aqui dentro, entre fragmento e outro, altiveza aflora, rejuvenesce — aprazimento daqueles. Por favor, enterrem-me aqui: entre uma página e outra.

*Sim, rio de todos, principalmente de mim mesmo: não consigo transformar galhofa num elixir da imortalidade.

*Imperceptível minha inquietude. Você, distinta senhora da terceira mesa à esquerda, não vai notar angústia que carrego comigo: disfarço lançando mão de olhar blasé, mergulhado na desfaçatez. No íntimo, no subsolo de mim mesmo, inquietude é, se assim posso dizer, fulgurante: são muitas cicatrizes internas — sempre escoando desalento. Olhar vazio não deixa senhora elegante perceber minha inquietude. Possivelmente seja muito mais perspicaz do que imagino. Possivelmente esteja querendo me dizer, com seu olhar terno: *Sua tristeza é grande, eu sei, mas não me preocupo: quem tem diante de si, sobre a mesa, torta de maçã, com certeza não pensa, por enquanto, em se matar.*

*Se montanha tivesse ido até Maomé, meu respeito pela natureza teria ido por água abaixo.

*Velhice? Ocaso de inegável exotismo.

*Vivo quase sempre só — me acostumei à solidão fértil de escritor vivendo nas profundezas das palavras feito escravo acorrentado no casco do navio. Léxico me orbita tempo todo.

Noites quase sempre insones por causa do zumbido insistente deles, substantivos e predicados e adjetivos e verbos e sinônimos de variados sabores. Acho que sou alfaiate vocabular à moda antiga: tempo todo remendando palavras.

*Atitude arcaica, sim, mas continuo sensibilizando-me sempre que vejo bangalafumenga qualquer dormindo numa calçada. Velhaca tristeza entra por portas travessas — diria magistral Almeida Faria. Hoje, sábado, vi mendiga grávida, seminua, lambuzando próprio corpo com tinta a óleo, sim, de parede. Cena entristecedora, dantesca. Vendo povaréu passando apressurado, indiferente, percebo que ainda trago comigo sentimentos realmente arcaizantes. Acho que não vou reformular tais impulsos incontidos: velho demais para aprender relanceios — impossível ver tempo todo vida de viés, obliquamente.

*Sinto certo esmorecimento: preciso dar novo influxo às minhas palavras.

*Impossível me esquivar da saudade deles, extintos amigos. Ah, esse sentimento de incompletude. Memória cada vez mais nevoenta: consigo vislumbrar suas silhuetas — tudo agora penumbroso, rostos indecisos — sim: móbil dela, decrepitude desumana, inescrupulosa. Velhice assim não tem nexo. Além de tudo, impossibilitando-me reminiscências nítidas. Agora, aqui, me enclausurando aos poucos na indisciplina do quase esquecimento: memória perdendo entusiasmo mnemônico. Triste demais esquivança cada vez mais radical deles, extintos amigos. Apesar dos pesares, ainda me restam alguns devaneios.

*Desconfiava que amor dela por mim havia ganho de repente hábito da parcimônia.

*Andanças vez em quando se tornam enfadonhas: excesso de ofegância. Quando acontece (feito hoje), preocupações coronarianas tomam corpo, vão num crescendo contínuo. É quando sinto bafejo enxofrado dela, aquela... Sim: essa que nos faz entrar no rol das coisas inexistentes. Inquietude dolorosa; minutos de irremediável tensão; desânimo toma conta — esperança se me apresenta mais do que nunca em diminuta porção. Penso: finis, finale, desfecho. De repente, quentura no peito vai aos poucos se esvaecendo, reduzindo-se a nada do mesmo jeito que momento ofegoso também se extingue — respiração volta ao ritmo normal. É quando sempre penso nela, aquela... Sim: essa que renasceu das próprias cinzas.

*Pelos resultados desastrosos concluo que conselhos que dou a mim mesmo são sempre tíbios.

*Dias desarrumados — bons para praticar aliterações. Sei que vou me levando de cômodo a outro, abrindo janelas, vendo lá fora mundo que já não é mais dos meus pertencimentos. Abro janelas tentando, ingênuo, deixar que tédio seja vítima de súbita corrente de ar, tendo quem sabe morte abrupta. Eu, janelas, pessoas lá fora, árvores, prédios, pássaros, somos todos efêmeros — menos o tédio. Sei que vez em quando fico dias seguidos sem abri-las, sim, janelas — superstição talvez; ou possivelmente pensando que sem renovação do ar posso burilar marasmo. Há dois dias ininterruptos venho abdicando do externo.

*Das cinco, seis frases que surgem à mente, modo geral aproveito apenas uma: restante é zumbido impertinente. Vida toda pratiquei arte pela arte — se você, leitor idealista, pretende mudar o mundo, garanto que está no livro errado.

*Difícil não ser dissipador, perdulário com palavras; não se deslumbrar com seu espetáculo muitas vezes de encanto frívolo. Quase sempre me pego impelido pelo artificiosismo. Difícil conter euforia diante dos próprios malabarismos rítmicos. São muitos os caminhos viciosos do vocábulo. Difícil escrever dispensando tempo todo bagatelas de todos os gêneros; quase impossível não se deixar submergir nos abismos dos vícios de linguagem; se abster da capenguice de algumas rimas internas; não se precipitar lançando mão de tentadores unguentos gongóricos. Difícil não ser propenso às atraentes farturas adjetivais. Difícil, muito difícil resistir às carícias voluptuosas dos vocábulos cujas aliterações sonorizam frases. Difícil, quase impossível, escrever. Bem. Sou avesso a atitudes coercitivas: lançaria jamais mão de panfletos e pasquins anônimos para reivindicar minha condição de melhor escritor do prédio de três andares onde moro.

*Sou escritor de cavalheirismo incorrigível: vivo acudindo palavras sonoras que caem em desuso. Exemplo: zaratempô!, catrâmbias, erefuê, biraia, biscaia, assim por diante.

*Preciso procurar, urgente, cartomante mnemônica qualquer: lembro-me quase nada dele, meu passado.

*Não deixo que depressão, aquela que forja correntes, me imobilize: engendro subterfúgios escrevendo ou caminhando pelas ruas desta metrópole apressurada. Já senti seu hálito angustioso. Vez em quando chega cheirando éter-desilusão. Nesses momentos passos ficam mais titubeantes, letras mais garranchosas. Exaustivo fugir da sorrateirice, da negrura dessa entidade sorumbática — tarefa árdua. Meus passos, minhas palavras são minhas próprias substâncias químicas. Aprendi com o tempo a sentir de longe crepitação dessas fogueiras invisíveis. Distancio-me, titubeante, deles, seus domínios insondáveis, possivelmente mergulhados num canto sombrio de mim mesmo. Depressão... Depressão... Depressão — insisto na palavra como quem bate três vezes na madeira à semelhança de vade-retro.

*Ninguém vai jamais perceber em mim esse sentimento de repulsa provocado pela prosperidade de outrem: só invejo os que já morreram.

*Prefiro saída aliterante: em vez de desforra, desencanto.

*Dias não têm sido benemerentes comigo — motivo pelo qual meus resmungos sucedem amiúde. Ranzinzice beira deselegância. Além da comicidade. Tenho tentado sem muito sucesso me esquivar do próprio eu. Acostumei-me (nessas nove décadas) às impossibilidades. Sei que tudo isso é inestético — sensação de que até meu jeito irritadiço também é assexuado. Ando cada vez mais desafeiçoado de mim mesmo, cansado de ser meu próprio frete. Astúcia, falta-me astúcia para me livrar de certo eu lamuriento — enigmático também. Jeito? Escrever para colher abrandamentos.

*Turíbulo sem incenso, romã sem grânulos, pano branco tentando às cegas se banhar no índigo, assim por diante. Encontrei jeito poético para explicar minha decadência literária.

*Enciclopédia bizantina, *Suda*, verbete dedicado ao mais famoso dos estagiritas: Aristóteles era escriba da natureza, que molha pena no pensamento.

*Envelhecer é viver sob estética da surpreendência desoladora; é erguer esperança em terreno minado. Velhice? Ácido que dissolve encanto. Difícil demais desembaraçar-se sozinho das inquietudes da perenidade. Nem sempre resolve recorrer ao nosso eu mais condescendente, mais reflexivo, mais preparado para acepilhar tranquilidade de espírito. Horizontes são diminutos, entusiasmo vai se arrefecendo pari passu, incomplacência consigo mesmo (notadamente com o próximo) ganha terreno, rabugice caminha célere, numa crescença infatigável. Inadequações inumeráveis. Curioso: refletindo sobre tudo isso, concluo, sem constrangimento, que já estava velho aos quarenta.

*Eu? Wittgenstein às avessas: Estou à deriva, o que quer que aconteça.

*Pressentimento, possivelmente seja apenas isso: pressentimento. Sei que descompasso amiúde dele, meu coração, não sinaliza jeito nenhum que estou sendo poupado à pira inexorável do tempo. Aventuro proposições. Sei que há tempo não cantarolo mais debaixo do chuveiro. Escrever? Sim: palavras vêm sem prévia combinação — quase sempre sem brilho, penumbrosas, naturalmente agonizantes; cardiopáticas. Há muita inquietude sob escombros delas, minhas palavras.

*Velhice? Cheinha assim de dias abstratos.

*Se ao menos nevasse vez em quando aqui, nesta avenida apressurada... você poderia talvez seguir minhas pegadas...

*Hoje, percebo que vida é vestimenta que não me cai bem. Paranoia, talvez. Sinto também que dias ficam cada vez mais maledicentes comigo — possivelmente culpa da transcendência dela, minha rabugice. Sei que sou fantoche do descon-solo. Caminhando lentamente agora, aqui na avenida, noto com nitidez que há vida, sim, mas nos arredores de mim mesmo. Sensação de que transeuntes todos alinhavam melhor próprios cotidianos. Tiraram-me tudo — inclusive sur-preendências da imprevisibilidade.

*Manhã improdutiva, palavras estão possivel-mente naquele limbo diáfano de que nos falou Agamben: entre o não ser mais e o seu não ser ainda.

*Não sou infeliz tempo todo: a cada três anos (mais ou menos) sinto um não sei quê prazeroso; pena que tem mesma duração de fogo-fátuo, fugaz feito flerte em escada rolante — talvez seja isso aquilo que todos chamam de felicidade. Envelhecer? Mais um, possivelmente o último despropósito da vida. Desconfio que ela, velhice, é grande entretenimento da morte.

*Eu? Condenado à perpétua busca das palavras descostumadas.

*Silêncio da solidão é truculento demais: sufoca atravanca meus gestos meus suspiros meus soluços minhas evocações desarrumando meu sono. Sei que é triste viver assim carente de carícias. Vou morrer sem entender dialética dele, meu desconsolo. Jeito é esquivar-me de mim mesmo entre uma frase e outra. Sim, minhas personagens, eu, cada vez mais ausente de fluidez, desconfio que também sou fictício. Existindo, ou não, estamos todos, aqui, nestas páginas, impregnados de subserviência às incertezas de toda sorte. Abissal... Sempre quis lançar mão desta palavra em texto qualquer: abissal... no sentido figurado. Sim: cercado de mistério, obscuro, indecifrável — meu daqui a pouco, por exemplo.

*Tempo todo virando esquinas para encontrar outro amor. Acho que vou desistir de vez desse itinerário metafísico.

*Ao lado deles muitas vezes conversações eram extravagantes. Não raro submergíamos nos destroços das palavras inúteis, chistes insossos, maledicências móbiles de nossos rancores. Muito disso tudo se devia também aos estratagemas para driblar tédio nosso de cada dia. Sim: falo dela, nossa antiga confraria literária. Quase sempre percebia que éramos soberbos demais, irônicos demais, corrosivos demais. Entretenimento atafulhado de sadismo, a pleno, pela proa e pela popa — dizendo à maneira dos tempos passados. Sei que eles, extintos amigos, percebiam que maldade também reluzia nos meus olhos. Éramos todos, com raras honrosas exceções, falastrões malévolos — maledicências entrançadas umas nas outras. Apesar dos pesares, era possível dizer algo a nosso favor: nossas maldades eram (modo geral) sofisticadas, já nasciam epigramáticas.

*Já amanheço atônito, mas não deixo que isso reflita nem mesmo nele, espelho que fica no meu, digamos, closet.

*Caminho agora pelas ruas desta metrópole apressurada tentando desfazer reincidentes emaranhadas dúvidas — todas reboantes, tumultuosas, indecifráveis. Pequeno exemplo: Por que deusas da derrocada são tão persuasivas comigo? Por que não consigo rechaçar seus recorrentes incitamentos? Por que elas têm tanta ascendência sobre mim? Impossível descobrir móbiles de seus obstinados projéteis; sinto-me igualmente impossibilitado de entender minha submissão ao destino, aos seus tediosos obuses. Sei que ainda não consegui dar investidura a nenhum tipo de sagacidade capaz de represar malvadezas delas, deusas da derrocada — tecedoras de circunstâncias funestas, hábeis em eliminar já no nascedouro acontecimentos propícios. Sei também que não me esforço tanto — possivelmente determinado pela motivação da habitualidade. Necessário impor-me cada vez mais hábito de escrever — palavra é meu poderoso anestésico.

*Estética: gostaria de entender geometria do desprezo dela, minha nova vizinha. Sei que vou morrer imaturo para operosidades romanescas. Agora, mais do que nunca, esperanças arquearam-se de vez. Vida toda minha perspicácia foi de pouca monta.

*Quase sempre escrevo parágrafos ruins; culpa delas, palavras psicográficas, que se movimentam por si — teimosas, recusam sair da página: jeito sobrenatural de comprometer autor.

*Diacho de saudade que não cicatriza nunca.

*Envelhecer é perceber que desejo consome-se à nossa revelia — veleidades também, sim, frota delas. Jeito é apoiar-se às lembranças de tempos replenados de energia voluntária — quase impossível abster-se do saudosismo; de evocar ad nauseam bravatas, fanfarrices: envelhecer? Chamar à memória amiúde jactâncias longínquas; acostumar-se às lacunas, às incompletudes, às ausências — é quando vivemos muitas vezes por iniciativa própria tempos desagregadores. Muito ruim envelhecer: pensamos tempo todo na morte — possivelmente mais torturante do que morte propriamente dita. Sei que viver tempo todo em sobressalto cardíaco é experiência angustiosa; vive-se à borda de precipício; desalento de repente toma corpo, se avoluma, lança combustível ao fogo do desencanto, arrefece possíveis entusiasmos. Morte e suas beliscaduras incômodas, inconvenientes, fora de propósito. Sintomático: não bastassem tropeços da vida toda, acabo de torcer o pé. Sempre assim: já amanheço sabendo que vou perder alguma coisa; não consigo prever exatamente o quê — prolepse enigmática. Para completar, velhice se mostrando hábil na arte de enganar: sinto que minha sabedoria vai desengrandecendo a passos largos — sei menos hoje do que sabia ontem.

*Uma vez me perguntaram se quero que toquem Billie Holiday no meu velório. Ora, para quê, se não vou ouvir?

*Décadas atrás escrevi conto no qual mostro esposa saindo do cemitério debatendo consigo mesma seguinte questão: *Para evitar mais remota possibilidade de retorno, não deveria ter cremado marido canalha?*

*Tudo em mim ficando anacrônico — inclusive passos; caminho alheio: sensação de que deixei antes de sair de casa sagacidade na gaveta do criado-mudo. Entanto, percebo que meus bolsos estão atafulhados de lenteza. Desconfio que agora, quando ando pelas ruas desta metrópole apressurada, até movimentos deles, meus braços, estão ficando menos prolixos; que meus passos e minha fala e meu texto ficaram todos eles lerdos. Sei que inquietudes proliferam exuberantes, severas. Sei também que nunca fui familiarizado com bem-aventurança; que bancarrota, desconsolo, melancolia são todos meus parentes tribais — pretextos para elas, palavras, chegarem quase sempre penumbrosas. Também não entendo patologia deles, meus fragmentos. Reconheço que vou, aos poucos, negligenciando tudo, até mesmo vocábulos. Sei que agora meus passos entrecortados vão deixando sua rubrica no próprio cansaço.

*Pessoas modo geral são desinteressantes: não há afinal Heráclitos de sobejo pelos quarteirões.

*Minhas palavras chegam já obsoletas: todas de origem esferográfica.

*Nem sempre consigo me abstrair suficiente para ignorar estas dores no peito que engendram desesperança. Difícil viver sob pressão terrível, implacável. Difícil absorver, sereno, próprio iminente destino que não se pode evitar — não sei como amalgamar realidade com serenidade. Impossível viver expurgado de inquietudes de todos os gêneros; convive-se mais amiúde com o definitivo — tempo em que nossos movimentos tremelicosos perdem toda sua sutileza. Sim: é quando somos vítimas das tortuosas manobras coronarianas. Inevitável certo descontentamento de si mesmo; perde-se muita coisa, nem todas, convenhamos, ocupam lugar de decisivo relevo — espalhafato, por exemplo.

*Gostaria de ter vivido numa época anterior ao desalento.

*Memória fraca: consigo jeito nenhum relembrar quem me ensinou Melancolia. Sei que há muita irregularidade nesses dias de insistência melancólica. Às vezes vejo sombras aqui na parede do meu quarto: solidão epifânica. Vivo numa alternância de fantasmagorias — possivelmente por causa da repulsa que tenho dela, realidade. Desconfio que tenho sido vítima de velhice alucinatória — talvez porque (de uns tempos para cá) só olho de soslaio para o que realmente existe. Já não convivo muito bem com os próprios constrangimentos. Acho que envelhecer é viver na realidade aqueles meandros literários borgianos. Não sei. Desconfio também que tenho dado ênfase excessiva ao próprio envelhecimento. Importante, aqui, para mim, seria descobrir árvore genealógica dela, minha própria melancolia. Sei que vida tem possivelmente mesma inutilidade da Guerra de Troia se levarmos em conta que verdadeira Helena estava no Egito. Viver é empreendimento inconcluso, frustrante.

*Antes de se materializarem na página dele, meu caderno de anotações, frases sempre me parecem mais luzentes. O que é mais baço, mais fosco? Tinta dela, minha caneta, ou minha imaginação?

*Eu? Embrenhando-me cada vez mais nesta burundanga tortuosa cujo nome é desalento.

*Não sei se hoje saberia viver à vontade sem eles, meus próprios queixumes — desnecessário agora ser incomplacente com própria rabugice, ou insurgir-me contra esse mau humor característico com padecimento moral ou escárnio talvez. Inútil negar essa voluntária e obstinada e quem sabe pueril sujeição que me provoca dolorosos embaraços. Impossível embrenhar-me sem aflição nos próprios e excessivos e ridículos e compulsivos acabrunhamentos — inevitável também conter reações desesperantes e incômodas e constrangedoras. Não há metáforas suficientes para designar meu estado lamuriento que sempre se manifestou com espontaneidade. Jeito? Relegar ao abandono, lançar à margem qualquer tentativa de mudança nela, minha personalidade atafulhada de ranhetice. Seja como for, sei que não basta se reconhecer patético para exorcismar ato contínuo própria patetice.

*Ilusão de ótica possivelmente, não sei, mas parece que meu papel na vida dela, nova vizinha, está amarelecendo precocemente.

*Minha caneta? Estilete acepilhando, entalhando palavra.

*Pantomimas patéticas, assombros, desconcertos — assim se constitui nossas vidas; tudo isso fica ainda mais acentuado, ganha relevância na velhice. Ambiguidades, paradoxos, estes, sim, têm igual relevo em todas as quadras dela, nossa existência. Desconfio que verdade absoluta se esconde alhures, possivelmente num canto qualquer do porão do recôndito — sim: num baú atafulhado de axiomas que nunca serão lidos por ninguém em toda eternidade. Sei que decifração dessas possíveis máximas reveladoras não alteraria inocuidade delas, minhas reiteradas aliterações, para quem sabe driblar dias diastésicos. Sei também que repetições de fonemas idênticos não devem ser tomadas ao pé da letra. Vivo à custa dos próprios impulsos ocasionais, dos caprichos literários — hoje vivo delas, minhas sombras fictícias, mas nem sempre evanescentes. Vivo de minúcias — tanto aqui, dentro destas páginas, como lá fora, na vida propriamente dita. Seja como for, sempre refém das espreitas: aqui, espreito palavra; lá, morte. Dias? Desmantelados, negligentes, triviais, igualmente inescrutáveis.

*Acho que sou escritor medieval-renascentista: meus vocábulos já nascem à semelhança de motetos ou madrigais.

*Minha vida tem sido nos últimos quatro anos muito desagradável, vexatória, ou, como diria extinta amiga francesa, *désobligeant*. Parece que em razão da sonoridade da língua francesa tudo fica menos afrontoso — provinciano talvez, mas penso que fardo pesa menos em Paris, por exemplo. Sei que nesse último quadriênio todas as minhas expectativas favoráveis deitaram por terra — quatro anos de aspirações irreconciliáveis. Não há nada mais fora de propósito do que essas reiteradas lancetadas dos deuses da Desventura. Sei que tenho sido vítima de centena de pequenos e médios e grandes descasos dessas entidades sinistras. Anos apocalípticos. Minha vida tem sido metáfora inesperada drummondiana (não sei exatamente o quero dizer com isso, mas achei imagem poética). Sim, náufrago, mas, enquanto existir esta pequena madeira, fragmento do casco dele, meu navio soçobrado cujo nome é Palavra, vou sobrevivendo ao sabor do vento.

*Tenho muitas dúvidas apócrifas sobre meus próprios textos — possivelmente por causa deles, seus indisfarçáveis arcaísmos. Desconfio que já nasci mal-intencionado comigo mesmo. Eu? Sempre soube que é temerário viver sob mesmo teto em que eu mesmo vivo. Inegável: sou meu melhor contraditor. Mas, agora, depois de milhares de anoiteceres e amanheceres, estamos *ambos* cada vez mais incapacitados para debates íntimos — indulgência recíproca. Creio, também, que um prescindiu do outro para o labor literário. Sei que houve tempo (extremamente pretérito) em que fui mais efusivo comigo mesmo.

*Desajeitado para competências linguísticas, vou morrer sem entender direito gramática dela, minha desolação.

*Lido com vocábulos há muitos anos, mas ainda não aprendi a praticar antonímia da palavra rispidez.

*Sim, noventa anos, fiz semana passada — sensação de que anoiteceu abruptamente. Desatenção, talvez, mas acho que minhas manhãs já amanhecem com erro de pronúncia. Seja como for, depois de nove décadas, dias ficam mais íngremes. Sim: noventa anos numa descrença absoluta — epopeia teológica às avessas. Vazio insaciável. Impressão, não sei, parece que, sem deus qualquer que seja, horas ficam mais pálidas. Não, nunca foram cinco da tarde em nenhum dia dela, minha vida. Nove décadas não foram suficientes para me adestrar no uso desta arma cujo nome é CRENÇA. Mas agora é tarde demais para praticar diatribes contra próprio destino. Vida toda fui predestinado às ideologias diminuídas na densidade. Deus? Mistério de difícil assimilação para mim: sou muito insignificante para conceber ideia de alguém que seja capaz de ver num átimo, ao mesmo tempo, tudo-todos, universo inteiro. Talvez seja menos difícil entender tudo isso entendendo Santo Anselmo quando diz que Deus faz algo melhor que existir. Inegável: não há nada mais fascinante nela, nossa vida, do que nossas incertezas — esse eterno infindável existir tateante.

*Amor perde toda sua boniteza quando coisa de nome feioso se retira dele: equidade.

*Finjo desapego, finjo indiferença para disfarçar desamparo — mesmo sabendo da impossibilidade de desviar desígnios. Exaustivo viver à custa desta solidão de permanência indefinida. Desconfio que sou herdeiro de desconsolo genealógico. Sou escombro da avalanche de desventuras dos antepassados. Reúno em coleção dias desventurosos. Acostumei-me à irrevogabilidade das deusas das derrocadas in totum. Agora? Ausência absoluta de revigoramentos. São imprescindíveis meus resmungos para deixar fluir excesso de bile negra; para não me entontecer de vez no vórtice da desoladora melancolia, onde vivemos nos arrabaldes de nós mesmos. Melancolia — rechaçadora do ar fresco do amanhecer. Ironia ateu (feito eu) herdar do destino solidão monástica.

*Amor que ela (aquela que voltará jamais) tinha por mim poderia ter sido bem menos teológico.

*Saltar como? Este quarto sombrio em que moro fica no porão — não tem peitoril nem janela. Inegável: consigo sentir certo estímulo nela minha solidão. Horas insuladas impregnadas de devaneio. Solidão que traz em si entusiasmo, incitamento às reflexões, apesar das reticências correrem a flux: há muita viveza de engenho para perguntar, mas pouca astúcia para responder — fronteira entre incerteza e ignorância. De qualquer maneira, solidão proveitosa: resgatou minha introspectividade. Desamparo sereno, comovente, indolor, produtivo também: lancei no papel quase centena de palavras.

*Costumo me decepcionar com revolucionários da mesma forma que Coleridge se decepcionou com amigo que pretendia criar noutro país sociedade livre — sem abrir mão de levar consigo seu criado.

*Procurou em todas as lojas de material de construção, mas ainda não encontrou pequeno detalhe para remate dela, sua nova igreja: fundamento místico.

*Nem tudo está perdido: ainda continuo paradoxal, contraditório in extremis — perdi, isto sim, impulsos românticos jogando-os para debaixo do tapete da desesperança; meu eu arrebatado, apaixonado exilou-se alhures. Convicções? Raramente mantive opinião firme a respeito de qualquer coisa de qualquer natureza. Seja como for, sinto-me maduro — inclusive meu tédio parece mais amadurecido, sem, no entanto, perder bizarria, se assim posso dizer. Jeito agora é reacomodar resignações de todas as latitudes; experimentar complacências com próprios desconcertos; arrefecer entristecimentos — mesmo sabendo que não vou encontrar aquele rio secreto borgiano que purifica almas.

*Inalcançável... Nunca mais meus lábios alcançarão lábios dela, aquela que ao morrer desfaleceu de vez meu êxtase.

*Vida toda fui frase confusa.

*Lassidão, talvez, sei que há muito tempo não me coloco em litígio comigo mesmo: evito ser móbil dela, minha própria fadiga — afetividade temporã. É lícito desarmar-se aos noventa. Envelhecer é conviver com morosidades de todos os jeitos, afeiçoar-se sem constrangimento ao próprio futuro epigramático, às reticências dos possíveis amanheceres, aos negrumes do desconsolo, aos granidos das Parcas, às destrezas das deusas das derrocadas. Desconfio que logo mais sentarei na garupa do cavalo dele, Swedenborg, para percorrer outros mundos.

*É exercitando ou revivescendo ou talhando ou cultivando palavra que palavra torna-se inoxidável?

*Todos os seres humanos procuram felicidade — eu fujo dela: preciso fazer boa literatura.

*Sinto que meus passos reclamam sempre por alguém mais determinado do que eu mesmo. Acontece que eles esquecem vez em quando que vida de safenado assemelha-se à de paraquedista cujo paraquedas teima em não abrir. Não, lama na qual chapinho não é de nenhuma estância hidromineral. Mas não estou desamparado in totum: palavras me guiam. Faço publicidade necessária às minhas feridas, mas não é ainda assim bastante medonho, diria Henri Michaux.

*Sempre quis encontrar jeitinho de encaixar no texto com naturalidade palavra abscôndito. Nunca consegui: tal adjetivo vive se escondendo delas, minhas frases.

*Eu, ela, minha nova vizinha jovial? Duas épocas que se entrechocam.

*Dias em desalinho, adversos; semanas, meses irregulares — indícios cada vez mais evidentes do desconforto de viver, mas ainda conto com generosidade incomum das palavras que me ajudam elaborar o próprio desconsolo com certo encantamento rítmico. Elas, palavras, são minha via de acesso às orillas da existência, jeito lúdico de me ajudar esquadrinhar meu próprio deslocamento. Há entre uma frase e outra — desse fato leitor não participa — suspiros tépidos, se assim posso adjetivar minhas reações suspirosas.

*Adianta mais nada caminhar dia todo pelas ruas desta metrópole apressurada: ela (aquela que voltará jamais) está muito longe para ouvir meus guizos de bronze.

*Devem existir muitas planuras mundo afora. Apenas meu caminho (este sim) insiste neles, seus aclives declives desaprumos que tais. Talvez seja tudo culpa do jeito despropositado, sonambúlico que encontrei para andar de escantilhão. Poderia também (quem sabe?) imputar responsabilidade, buscar causa nele, meu olhar oblíquo que encrespa planezas. Sei que tudo acontece comigo pela metade: depois que comecei a usar chapéu de aba larga, ninguém mais põe reparo nesse já mencionado olhar. Escondi calvície, mas perdi aos olhos dos outros mirada poético-taciturna.

*Aves batem asas; insetos, élitros. Eu? Já nem palmas consigo mais bater.

*Inegável: são muito tediosos esses meus últimos meses insistentemente bizarros. Além de tediosa, bizarria exaure, exaspera também. Nem sempre levo ao pé da letra sinonímia das palavras. Quando digo meses bizarros não quero dizer que tenho vivido dias e dias esquisitos, estranhos, excêntricos. Melhor seria dizer que tenho vivido meses bisonhos — sim: em seu sentido real de ignorância e timidez — dias e dias de bisonharia tediosa. Pronto: agora, sim, entrei num acordo semântico comigo mesmo. Difícil agora é explicar este amálgama ignorância-timidez. Ou será preferível resumir tudo dizendo que tenho vivido meses ineficazes? Sim: dias e dias esbarrancando sempre na mesma dificuldade — semanas inteiras tórpidas igualmente frouxas. Sei não... Acho que são meses vivendo à deriva... Irresoluto... Dubiez daquelas... Debatendo-me nas incertezas... Atarantado... Entre lusco e fusco... Sim: meses assim perco-me em conjecturas.

*Não, não posso dizer que meu tédio seja sombrio: há réstia de luz solar entrando pela fresta da janela deste quarto.

*Não morro de amores pela vida. Morte? Diabo que a carregue!

*Oh, esses dias escarnecedores que me levam às funduras da inquietude. Amanhã de manhã tudo talvez se aquiete de vez: conheço de perto providências definitivas da morte — divertido esse seu esconde-esconde matreiro. Morte possivelmente também goze com nosso gozo, pensando lá com seus botões: *Mais um serzinho a caminho para afinar mais cedo, mais tarde minha insaciável foice fatalista*. Vida não é mar de rosas, mas morte não deve ser, convenhamos, cópia fiel da *Primavera* de Botticelli. Enigmas, tudo muito enigmático. Sei que tédio continua emergindo do fundo da inquietude. Tédio? Sensação de aborrecimento ou cansaço, causada por algo árido, obtuso ou estúpido — lento, prolixo ou temporalmente prolongado demais. Sim: não abro mão dele, meu temperamento dicionarístico. Sei que esses sussurros intermitentes da inquietude são tediosos.

*Noventa anos... Vivi noventa anos metafóricos.

*Aquela palavra, perfeita, desapareceu sem deixar vestígio. Foi ontem, quando caminhava numa avenida desta metrópole apressurada. Perfeita para abrir primeiro parágrafo dele, meu novo romance. Sensação de que era adjetivo anacrônico — certamente: palavras em desuso me perseguem tempo todo: temos muito em comum — também vivo em contrário a cronologia. Sempre gostei de retirar palavras quietas, mudas, acocoradas emboloradas num canto qualquer do porão para espaná-las numa tentativa de desfazer opacidades, torná-las quem sabe luzidias, dando-lhes brilho eloquente, resplandecência, vivificá-las talvez. É crueldade lexicógrafa deixá-las relegadas ao abandono cheirando a naftalina; injustiça fazê-las respirar ad infinitum seus próprios bolores. Sim: desapareceu sem deixar vestígio aquela palavra que surgiu sumiu num átimo — palavra-fagulha-faúlha- faísca? Sei não... Pela minha costumeira ausência de originalidade, desconfio que palavra em questão é NONADA.

*Ainda não encontrei jeito sub-reptício zás-trás de dar nó cego nela, minha desesperança despudorada tempo todo escarranchada, atravancando, estorvando minhas veredas possivelmente idílicas nem tanto utópicas.

*Imortalidade da alma... Será que almas de Santa Teresa de Ávila e Stalin são igualmente imortais?

*Eu e meus temores. Padeço de solidão impregnada de feitiços e murmúrios e artifícios sombrios. Vou morrer sem entender veemência de certas solitudes e seus itinerários esotéricos infindáveis. Sim: padeço de solidão tecedora de horas oblíquas, de lenteza agoniante. Billie nem sempre arrefece minha inquietude. A escrita, sim: tecendo palavras consigo rastrear serenidades. Desconfio que estou sendo severo demais com própria solidão — depuradora incansável deles, meus vocábulos.

*E se de repente Deus existe mesmo e sabe coisas a meu respeito que meu próprio psicanalista (mesmo se vivesse quinhentos anos) nunca ficaria sabendo? Sim: se Deus existe mesmo, sabe tudo a meu respeito, inclusive que considero meu psicanalista um pascácio.

*Envelhecer é descobrir que nossa infância pertence a um passado imemorial. Vantagem da velhice? Paramos de viver na corda bamba do inesperado: todas surpreendências já foram catalogadas. Inclusive morte em sua quase totalidade. Sei que agora vou vivendo à custa de alguns retalhos mnemônicos de tempos vividos mais recentemente — duas, três décadas passadas, se tanto. Sei que, se ainda escrevo, desalento não atingiu sua plenitude. Trabalho com palavras — mesmo sabendo que elas nunca serão meu elixir vitae. Sei também que ficaram mais preguiçosas, sonolentas, perderam entusiasmo pelas rimas e aliterações; sensação de que, na maioria das vezes, desembocam desajeitadas em frases estranhas aos seus ambientes ideais — bizarrias congêneres: tudo muito parelho, muito similar à vida do próprio autor. Desconfio que velhice anda me trazendo dias fuliginosos.

*Quando insônia entra noite adentro, afago palavras noturnas. Lá fora já deve ser setembro. Há semanas não saio deste quarto sombroso, assombrado. Há duas noites seguidas não ouço som provocado pela perturbação ocasionada pela aderência de mucosidades na garganta dele, meu vizinho revelhusco. Curioso: sem esse som pigarrento, sinto-me ainda mais solitário. Todo homem sozinho devia fazer canoa e remar para onde os telegramas estão chamando, diria aquele itabirano magistral.

*Gestos, atitudes abruptas? Não, tudo agora circundado pela letargia — sim: inércia revoga ímpetos e ênfases e arrebatamentos de todos os naipes. Meu envelhecimento serve aos intentos do estoicismo — ambos caminhamos juntos. Ganha-se em resignação, perde-se em esteticismo: velhice é contrária aos princípios da estética. Sei que envelhecer é tecer colcha de retalhos de evocações — dia a dia é acidente de percurso. Eu? Não sinto mais premências do presente, fui perdendo aos poucos vontade de espiar cotidiano. Tudo, menos palavras, sinaliza mau agouro — vivo dias intransitáveis. Sensação de que trovões lá fora são minhas carpideiras que se aproximam para prantear meu próprio declínio. Impossível esquivar-me dessas plangências fúnebres. Inquietante epílogo da vida perceber irreversível dissolução deles, meus prováveis itinerários.

*Dias também ficaram fugidios depois que ela (aquela que voltará jamais) me deixou.

*Superfície superficial — por favor, deixem-me quieto aqui no fundo. Não contem comigo para nada: sou flecha que se recusa a sair do arco. Todos vocês, sem exceção, me entediam. Já dormi no xadrez, na UTI e cousa e lousa — conheço de cor e salteado densidade consistência viscosidade da gosma que sai das palavras dos sabichões de todas facções de todos quadrantes. Deixem-me quieto aqui no fundo ouvindo minha Billie. Ah, por favor, não coloquem bandeira nacional sobre tampa dele, meu caixão, jeito nenhum, cruz-credo, livrem-me desse *nonsense* póstumo.

*Cervantes deixa personagens abandonarem romance no meio do caminho. Desconfio que todas as mulheres com as quais me relacionei vida afora leram *Dom Quixote*.

*Escrevi outro trecho do novo livro de ficção, *Romance léxico que Freud não escreveu*: Estampido do revólver dele, poeta revelhusco aquele, fica troando aqui nela minha cabeça; cortar a teia da própria vida na minha frente — melhor esquecer. Matou-morreu por amor; entendo jeito nenhum gente assim, que desvaloriza minha profissão: matei motivado pelas ardências incontidas das labaredas do ódio. Estou sendo cozido a fogo lento nesta cela-fornalha. Revelhusco poeta estivesse aqui, cruz-credo, continuaria desfiando contas do rosário das impossibilidades amorosas. Impossível demais conhecer sentimento dessa semelhança vivendo tempo todo entre pares párias gente sarandalhas figuras migalhas meninos despojos meninas destroços feito eu mais todos aqueles seres escorralhos dormindo ao relento; um levando o outro a reboque; cortejo diário da miséria humana. Acordava seis, sete horas da manhã, encostado no paredão dela, estação ferroviária. Primeira coisa cachimbada nele, crack, para levantar a grimpa contra o resto do dia que já começava acanalhado, relegado ao plano das coisas absolutamente miseráveis. Povaréu passava na calçada olhando de esconso — repugnância às escâncaras, indiferença simulada. Muitos diziam alto e bom som: desvalidos infantis aí deveriam ser jogados rio abaixo limpar cidade diacho. Uma vez moço tirou fotos revelou na hora olhei vi pela primeira vez numa só panorâmica quadro dela, nossa real sordidez humana: seres natimortos, verdadeiros despojos da vida rindo risadas ilógicas, disparatadas; cena dantesca. Chorei pela primeira-única vez na vida aos 13 anos de idade — pagamento veio em forma de pizza: fotógrafo aquele atulhou bandurrilha toda de comida arredondada, achatada. Hoje, adulto versado neles, embelecos trampolinices trocas baldrocas que tais, posso dizer alto e bom som: todos, modo geral sociedade inteira, rufiões delas, nossas desvalias: ei filma aqui deste ângulo veja aquele menorzinho ali dez onze se tanto; mostra corpo todo dele ao deus-dará baba escorrendo cobrindo trechinho dela cicatriz no queixo. Tempo zás-trás hoje vinte e tantos anos depois aqui sozinho nesta cela-fornalha deixando relampejar na memória minha quase vida. Poeta revelhusco aquele, useiro-vezeiro em lançar mão delas, sabedorias freudianas, dizia que os homens sentem necessidade biológico-psicológica do sofrimento para o equilíbrio da vida humana. Agora filma aquele trangola desdentado ali nove dez se tanto esqualidez em figura de gente ranho descendo nariz abaixo veja olhos esbugalhados remelentos sim aquela burundanga infantil isso isso isso close assim está ótimo huummm. Seres objetos de experiência; cobaias semivivas. Perversão do raciocínio chamar de sociedade moderna esta que joga-deixa ser humano, principalmente de pouca idade, dormindo cheirando cola fumando crack nas calçadas; bancarrota ruína desmoronamento; drama todo está neca neres nela diferença mas na indiferença. Nossa miséria vez em quando muito raramente excitava compaixão fazendo caridoso anônimo qualquer deixar pelas caladas a furta-passo de madrugada comida para farândola toda. Se Deus existe deixou correr à revelia adormeceu na ociosidade sobrevoou sobre nossas indigentes cabeças a pelo menos dois mil pés de altura. Agora filma chusma toda; santa ceia democratizadora: todos foram igualmente traídos sabe-se lá por quem. Cela-fornalha aqui traz à lembrança dia aquele em que desvairança daquelas loucura rematada alma atafulhada de cachaça crack dezoito anos se tanto álcool fogo tudo junto sobre cabeleira dela pobre-diaba dormindo a sono solto — melhor esquecer. Saudade do poeta revelhusco aquele falando tempo todo nela deusa-enternecedora; entendia quase nada mas olhar dele verdade singela desafiava contestação — digo-repito matar-morrer por amor é lançar desonra sobre minha categoria.

*Cordas dela, minha lira, já foram frementes. Lira lívida cujos sons já não inspiram obscenidades — nostalgia, sim. Antes, plena — que pena. Não sei motivo pelo qual colocou tão cedo suas cordas no meu pescoço.

*Náufrago intangível — escrevo para ser possivelmente resgatado pela palavra.

*Agora, quando raramente ando pelas ruas desta metrópole apressurada, percebo que meus passos perderam de vez sua aristocracia: sigo a esmo, despindo de interesse todos possíveis caminhos.

*Âncora foi içada — impossível abranger imensidão do medo, sim, assustador, quando vida começa a nos hostilizar às escâncaras, instigada pela impetuosidade da morte. Fruto quase caindo de maduro — palavra agora é rede amortecendo minha própria queda. Ingênuo, imaginei vida toda que na infância anjo qualquer havia me prometido eternidade. Fraco, consigo jeito nenhum assumir a morte — mesmo sabendo tempo todo que tudo, mais cedo, mais tarde, deságua no desalento. Perde-se de vez alvoroço; esmorecimento assume sua soberania. Morte, irmã siamesa da palidez in totum, desdenha tudo — principalmente perplexidez. Acho que minha febre tem nome poético: terçã. Continuo enredado nas raízes do medo. Agora em diante, viver diante da estética do imponderável: morte mostra-me simultânea diversas partes do assombramento. Morte, medo. Espero que ela, avessa às aliterações simplistas, afaste-se de mim — por enquanto.

*Agora, aqui, neste quarto, sozinho, circundado por este silêncio ensurdecedor.

*Umbrais... Gosto desta palavra, assim, no plural: umbrais. Pântanos... Admiro de igual maneira. Umbrais e pântanos. Não sei motivo pelo qual aproximo ambas aqui nesta página para namoro insólito. Desconfio que à noite, no conchego de seus dicionários, palavras fogem, sorrateiras, de suas respectivas páginas para encontros fortuitos. Umbrais e pântanos juntas numa bacanal vocabular. Cópula sombria, se assim posso dizer.

Depois dialogam horas seguidas: palavras nasceram talhadas para diálogo — mesmo quando se identificam com o nome de Umbral e Pântano. Juntas? Limiar de planície inundada.

*Dias dogmáticos... Não sei exatamente o que pretendi dizer com isso: Dias dogmáticos... Sei que gosto de praticar aliterações.

*Convivo mais ou menos bem com inutilidades delas, minhas angústias — espécie de camisa velha, surrada, que mesmo assim ainda cai bem no corpo. Sim: não me provocam inquietudes devastadoras. Troco súplicas, troco soluços por palavras ocas — quase displicentes. Jeito blasé que encontrei para tecer indiferenças — também ocas. Minhas palavras, eu, somos igualmente insólitos. Vez em quando cismo (feito agora) e rabisco no papel palavras estalejantes: bétulas, pétalas. Sei que vivo tempo todo reaprendendo desfazer desconsolos. Quase sempre me torno irreconhecível a mim mesmo: próprias angústias vão ficando bolorentas demais. Jeito é andar distraído a trote sobre palavras: êxtase, pálpebra, tâmara, báltico — todas trotadoras.

*Mário de Sá-Carneiro: É que eu, quando busco, acho duas formas de desaparecer: uma fácil e brutal — a água profunda, o estampido de uma pistola — outra suave e difícil: o sufocamento de todos os ideais, de todas as ânsias — o despojo de tudo quanto de belo, de precioso existe em nós. Ah! Quantas vezes eu tenho um desejo violento de conseguir este *desaparecimento*! Mas como? Como? E a dor, a raiva concentrada, despedaçadora e uivante que se me encapelaria em todo o ser, na hora do triunfo!...

*Meus dias? Ínvios, alabarados, denigrescentes, gnômicos — sim: dias dicionarizados.

*Esquisita esta espantosa perseverança dela, minha inquietude ameaçadora. Medo indecifrável provocando estupidificação. Tudo muito enigmático. Angústia estranha do não se atinar. Entrelaçamento de incógnitas, se assim posso dizer. Desamparo asfixiante. Sinto-me de repente refém do superficial; insubstancialidade absoluta, indizível — horas impotentes, subjugadas pela lacuna, vazias de imaginação —, impossibilitado de trabalhar palavras. Sinto-me medíocre, desajeitado na vida — até meus gestos titubeiam. Desajeitamento abrupto. Impaciento-me com própria inquietude. Incompreensão sombria. Duas últimas manhãs assim: perspectiva exígua, quase nenhuma. Possivelmente porque rasguei, destruí de vez originais dele, meu inacabado e inconsistente *Romance léxico que Freud não escreveu*. Toda minha obra literária? Edícula inconclusa.

*Vou vivendo enquanto não aparece nada melhor para fazer.

*Agora, aqui, submetido ao arbítrio do desconsolo e às tropelias do descaso das deusas dos afagos. Dias ficando fatídicos: móbil da solidão que se substancia amiúde; preponderância da descrença absoluta: tornaram-se insalubres todas perspectivas favoráveis. Negligencio próprio cotidiano me afastando cada vez mais das pessoas: perdi vontade de (como se diz) cantar em coro com eles, meus semelhantes — sim: viver em proximidade com quem quer que seja. Fraternal agora provoca pouco interesse. Sinto-me mal-acomodado, inclusive junto de mim mesmo. Tudo possivelmente culpa dela, minha vida sonambulesca, inacessível à vigília. Sensação de que todos os amanheceres de hoje em diante serão supérfluos. Sim: vou perdendo a passos largos a *desejabilidade*. Billie e as palavras não são mais reconfortantes. Quanto mais vivo, maior desânimo de viver. Foi tudo mal-entendido daqueles.

*Meu epitáfio? Não tive nenhum prazer em conhecê-los.

Este livro foi composto na tipologia Minion Pro
Regular, em corpo 13/18, e impresso em
papel off-white no Sistema Cameron da
Divisão Gráfica da Distribuidora Record.